Vol de Nuit

푸 른 숲
징 검 다 리
클 래 식
0 3 8

야간 비행

Vol de Nuit

앙투안 드 생텍쥐페리 지음

박상은 옮김

푸른숲주니어

'푸른숲 징검다리 클래식'을 펴내며

어린 시절, 할머니께서 조근조근 들려주시던 옛날이야기는 새로운 세상과 통하는 작은 창이었다. 상상의 날개를 달고 떠나는 창 너머 세상으로의 여행은 들어도 들어도 질리지 않는 재미와 마음속 깊은 곳을 울리는 감동을 선사해 주곤 했다. 그뿐 아니라 우리의 삶을 어떻게 꾸려 가야 하는지 곰곰이 생각해 보게 하는 지혜를 가르쳐 주었다. 말하자면 우리는 그 이야기들을 통해 '삶'을 배운 셈이다.

우리가 문학 작품을 읽어야 하는 까닭 또한 '삶을 배운다'는 점에서 크게 다르지 않다. 우리는 한 편 한 편의 문학 작품을 만나 사랑을 배우고, 우정을 배우고, 진실을 배우고, 지혜를 배운다.

그런 점에서 '푸른숲 징검다리 클래식'은 참 의미가 깊다. 오랜 세월을 거치며 각 나라의 문학사에 확고히 자리매김한 작품들을 한데 모았기 때문이다. 문학을 사랑하는 사람들이 즐겨 읽어 세계적인 명저로 일컬어지는 작품들……. 이를테면 우리 부모 세대, 아니 그 이전 세대부터 즐겨 읽었던 작품들로 많은 이들에게 삶의 의미와 가치를 일러주고, 또 '인생'이란 망망대해에서 등대 역할을 담당했던 것들이다.

세월이 흘러 사람들이 사는 모습도 달라지고 생각도 달라졌다. 그러나 시대와 장소를 뛰어넘어 변하지 않는 것이 있다. 바로 '삶'이다. 사람이 있는 곳이라면 어디든지 존재하는 삶은 항상 저마다의 무게를 떠안고 있다. 그 무게는 진실이라는 옷을 입고 문학 작품 속에 영원한 생명을 불어넣는다. 우리는 그것을 '고전'이라 부른다.

그러나 제아무리 훌륭한 고전이라 해도 독자가 읽고 소화할 수 없다면 아무런 소용이 없다. 지나치게 방대한 분량과 길고 어려운 문장은 책을 읽으려는 청소년들의 의지를 꺾을 뿐 아니라 좌절감마저 불러일으킨다.

'푸른숲 징검다리 클래식'은 바로 그러한 점을 염두에 두고 기획된 세계 명작 시리즈이다. 작품이 본디 지닌 맛과 재미를 고스란히 살리면서 우리 청소년들이 읽고 소화하기 쉽게 글을 다듬었다.

그리고 본문 뒤에는 현직 국어 교사들이 직접 쓴 해설을 붙였다. 작가나 작품에 대한 풍부한 설명은 물론, 그 작품들이 지니고 있는 현재적 의미까지 상세하게 짚어 보이고 있다. 아울러 해설 곳곳에 관련 정보를 담은 팁과 시각 자료를 배치해, 읽는 재미를 넘어 보는 재미까지 만끽할 수 있도록 했다.

아무쪼록 '푸른숲 징검다리 클래식'을 통해 우리 청소년들의 삶이 더욱더 깊고 풍성해지기를…….

2006년 4월
기획위원 강혜원·전종옥·송수진

| 차례 |

디디에 도라에게 바칩니다.

위대하고 특별한 작품

항공 운송 회사의 가장 큰 문제점은 같은 일을 하는 업체끼리 속도 경쟁을 한다는 것이다. 이 작품에서 놀랄 만큼 엄격한 관리자의 모습을 보여 주고 있는 리비에르는 그에 대해 다음과 같이 설명한다.

우리에겐 삶과 죽음이 걸린 문제입니다. 낮에 기차와 배를 통해서 올린 성과를 밤에 이어 나가지 못해서 크나큰 손실을 가져올 수 있기 때문입니다.

야간 비행은 처음에 시행을 앞두고 강력한 반발에 부딪혔다.

오랜 시간에 걸쳐서 초기의 위험 요소를 모두 극복한 뒤에야 실용화가 되었다. 그렇기 때문에 이 작품이 창작될 당시만 해도 야간 비행은 매우 위험한 시도였다.

그렇지 않아도 항공로에서 예기치 못한 사고들이 심심찮게 일어나곤 했는데, 깜깜한 밤이라는 음험하고도 신비스런 요소까지 보태졌으니 그 위험성은 두말할 필요가 없을 지경이었다.

물론, 야간 비행에는 지금도 여전히 커다란 위험 요소들이 곳곳에 도사리고 있다. 다행히 이 위험 요소들이 날이 갈수록 줄어들고 있을 뿐 아니라, 새로운 비행 기술을 통해 좀 더 수월하고 안전하게 비행할 수 있는 방법을 끊임없이 모색하고 있다.

그렇다고 해도 새로운 항공로가 열릴 때에는 불모지를 개척할 때처럼 반드시 영웅이 존재하게 마련이다. 그런 뜻에서, 새로운 항공로 개척자 가운데 하나로 볼 수 있는 야간 비행 조종사의 비극적인 모험 이야기를 그린《야간 비행》이 영웅적 서사시의 색채를 띠는 것은 너무나도 당연한 일이다.

나는 생텍쥐페리의 첫 작품도 좋아하지만, 개인적으로는 이 작품을 더 선호한다. 그의 처녀작《남방 우편기》는 비행사의 뇌리에 정확히 기억되는 과거의 추억들이 감상적인 이야기와 적절하게 섞이면서 주인공에게 친밀감을 불러일으킨다. 우리는 그 작품을 읽으면서 한없이 예민한 감수성의 소유자인 주인공을 얼마나 인간적이고 나약하다고 느꼈던가!

여기서《야간 비행》에 등장하는 주인공에게서는 인간적인 면모를 전혀 느낄 수 없다는 말을 하려는 게 아니다. 다만, 이 주인공이 초인적인 용기를 가진 인간으로 한 단계 더 승화된 모습을 보인다는 얘기를 하고 싶을 뿐이다.

이 감동적인 이야기에서 특히 내 마음을 사로잡은 것은 '숭고함'이다. 요즘 문학들은 인간의 나약함이나 자포자기, 타락 등을 표현하는 데 지나치게 많은 기교를 부린다. 반면에 이 작품은 인간의 자기 초월이 역동적인 의지에 의해 실현될 수 있음을 적나라하게 보여 주고 있다는 점에서 다른 작품과 큰 차이를 보인다.

내가 크게 감동을 받은 것은 조종사의 모습이 아니라, 그의 상사이자 관리자인 리비에르의 모습이다. 리비에르는 어떤 일에든 직접 나서서 행동하지 않는다. 그는 조종사들에게 각종 지침을 내리면서도 쉼 없이 용기를 불어넣는다. 그들이 자신의 능력을 최대한 발휘해서 영웅적 업적을 세우도록 압박하는 것이다.

그는 어떤 결정이든 한번 내리고 나면 일체의 나약함을 용납하지 않는다. 그래서 아무리 작은 실수라도 그냥 넘어가는 일 없이 그에 상응하는 엄격한 처벌을 내린다. 그의 엄격함 때문에 자칫 피도 눈물도 없는 냉혈 인간처럼 느껴지기도 한다. 하지만 그가 그러한 엄격함을 강조하는 대상은 인간 그 자체가 아니라 인간이 가지고 있는 '불완전함'이다.

우리는 이 작품의 곳곳에서 작가가 리비에르의 이러한 면을 얼마나 찬양하는지 확인할 수 있다. 나는 이 작품이 평소에 내가 중요히 여기는 역설적 진실, 즉 인간의 행복은 자유에 있지 않고 임무를 받아들이는 데 있다는 것을 조명한 일에 특히 더 고마움을 느낀다.

이 작품에 나오는 모든 인물들은 자신이 감당해야 할 위험한 임무에 열정적으로 참여하며 온 힘을 다한다. 그리고 임무를 완수하고 난 뒤에 휴식이라는 크나큰 행복을 맞는다. 리비에르는 결코 무정한 사람이 아니다. (실종된 조종사의 아내가 그를 찾아왔을 때 그녀를 맞이하는 장면만큼 감동적인 대목은 없다.) 그가 조종사들에게 냉정하게 명령을 내리는 것은 그들이 그 명령을 실행하는 것 이상의 용기를 필요로 하기 때문이다.

리비에르는 이렇게 말한다.

"서로 사랑하기 위해서는 동정만 있으면 충분해. 그런데 난 누구든 전혀 동정하지 않아. 설령 그런 마음이 있다 해도 겉으론 내색을 하지 않지. 〔……〕 그래서 내 능력에 스스로 놀라곤 한다니까."

그는 말을 이어 나간다.

"당신이 명령을 내리는 상대를 사랑은 하되, 결코 그들에게 그 말을 하지는 마시오."

또한 리비에르가 생각하는 의무에 담긴 '숨은 생각'은 사랑보다 더 위대한 힘을 가지고 있다. 인간은 자기 자신에게서 목표를 찾는 것이 아니다. 인간을 지배하면서, 인간에 의해 구현될 그 어떤 것에 종속된 채로 희생하며 살아간다.

나는 여기서 내 작품에 나오는 '프로메테'에게 역설적으로 "나는 인간 그 자체를 사랑하지 않는다. 다만 인간을 집어삼킬 듯이 달려드는 그 무언가를 사랑할 뿐이다."라고 말하게 만든 바로 그 '숨은 생각'을 발견한 사실이 기쁘다. 이것이 바로 영웅주의의 근원이 아니던가.

또 리비에르는 말한다.

'우리는 늘 생명보다 더 존귀한 무언가가 있는 것처럼 생각하며 행동하지 않는가? 만약에 진짜로 그런 게 존재한다면 그것의 정체는 무엇일까?'

이어서 작가는 이렇게 쓰고 있다.

어쩌면 더 지속적인 무언가가, 구해 내야 할 다른 무언가가 존재하고 있을 수도 있다. 리비에르는 아마도 인간이 가진 그 무언가를 구하기 위해 이 일을 하는지도 모른다.

이 부분은 의심할 여지가 없다.

화학자들이 참혹한 미래를 예견하고 있는 요즘의 상황에서는 전쟁에서 영웅주의가 가치를 인정받지 못할 가능성이 높다. 그

나마 용기가 가장 화려하고 확실하게 발휘되는 곳은 항공 산업인 셈이다.

누구든 명령에 순종할 수밖에 없는 상황에 처하게 되면, 더없이 무모해 보이는 일도 더 이상 무모하게 느껴지지 않게 된다. 죽을 위험을 무릅쓰며 야간 비행을 하는 조종사들은 우리가 일반적으로 말하는 '용기'의 정의에 콧방귀를 뀔 권리가 충분하다.

여기에 생텍쥐페리가 오래전에 쓴 편지를 인용하려 한다. 그가 너그럽게 이해해 주리라 믿는다. 다음 편지는 그가 카사블랑카-다카르 노선을 확보하기 위해 모리타니 상공을 비행할 때 쓴 글이다.

몇 달 전부터 할 일이 엄청나게 쌓여서 언제쯤에나 돌아갈 수 있을지 모르겠어요. 사고로 실종된 동료들을 찾아야 하고, 추락한 비행기를 수리해야 하는 데다, 가끔씩 다카르 노선 우편 항공기를 조종하는 일까지 해야 하거든요.

최근에 작은 공을 하나 세웠어요. 무어인 열한 명과 정비사 한 명을 데리고 이틀 밤낮 고생한 끝에 비행기 한 대를 적진에서 구했거든요. 난생처음으로 총알이 머리 위로 슝슝 지나가는 소리를 들었어요. 다행히 그런 상황에서 어떻게 대처해야 하는지 잘 알고 있었지요. 무어인보다 더 냉정하게 굴었답니다.

그 전부터 궁금해하던 것이 있었는데요. 플라톤(어쩌면 아리스토텔레스일지도 모르겠네요.)은 왜 용기를 여러 가지 미덕 가운데 최하위에 놓았는가 하는 것이었어요. 그런데 이제 알 것 같아요. 용기는 그렇게 선한 감정으로 이루어진 것이 아니더라고요. 그건 그저 분노와 허영심, 지독한 아집, 육체의 즐거움을 조금씩만 가지고 있으면 되는 거였어요.

특히 체력을 키우는 데는 용기가 아무 소용이 없었어요. 옷고름을 풀어헤치고 팔짱을 끼고 있으니 숨이 더 잘 쉬어지던걸요. 차라리 그 편이 더 마음이 편했어요. 밤이 되면 낮에 했던 일들이 무의미하게 느껴지기도 했고요. 이제 저는 용기로만 무장돼 있는 사람을 더 이상 존경하지 않을 거예요.

퀸튼(물론 내가 이 철학자의 주장에 모두 공감하는 것은 아니다.)의 책에서 읽은 격언 중에서 몇 가지를 골라 이 편지 인용문에 덧붙여 보겠다.

사람들은 지금 누군가를 사랑하고 있다는 사실을 숨기는 것마냥, 자신이 용감하다는 사실을 숨기고 싶어 한다.

이보다 더 나은 표현으로 바꾼다면 이쯤 되지 않을까?

훌륭한 사람이 선행을 숨기듯, 용감한 사람들은 자신이 한 행동을 감추려 한다. 가능한 한 철저히 감추거나, 그것에 대해 미안한 마음을 가진다.

생텍쥐페리는 이 소설에서 자신이 경험해서 잘 알고 있는 사실을 다루었다. 위험을 무릅쓰고 비행을 계속했던 그의 개인적인 체험이 그 누구도 흉내 낼 수 없는 빼어난 작품으로 승화되었다.

지금까지 수많은 전쟁 소설과 모험 소설이 있었다. 작가의 놀라운 실력을 보여 주는 작품들도 있었지만, 실제로 그러한 일을 겪은 모험가나 참전 용사들이 읽으면 쓴웃음을 짓게 하는 작품이 대부분이었다.

나는 이 작품의 문학적인 가치도 기꺼이 칭찬하지만, 더불어 기록으로서의 가치를 높게 평가한다. 이 두 가지 면이 기대 이상으로 절묘하게 어우러진 덕분에 《야간 비행》은 더할 나위 없이 위대하고 특별한 작품이다.

1931년
앙드레 지드

제 1 장

도시의 목동

　비행기 아래로 황금빛 저녁노을이 펼쳐지며 산골짜기마다 짙은 그림자를 드리웠다. 들판은 결코 사라지지 않을 빛깔을 머금은 채 환히 빛났다. 이 마을에는 겨울이 다 지난 뒤에도 한참 동안 들판에 남아 있는 눈과 같이, 황금빛 저녁노을이 하늘에 오래오래 여울져 있었다.

　남극 지방에서 부에노스아이레스까지, 파타고니아 노선 우편 항공기를 모는 조종사 파비앵은 이미 저녁이 다가오고 있음을 알아챘다. 그것은 항구에 서서히 차오르는 물같이 고요하게, 잔잔한 구름이 만들어 놓는 잔주름처럼 어슴푸레하게 윤곽을 드러냈다.

드디어 그를 반갑게 맞이해 주는 드넓은 정박지로 진입했다.

파비앵은 깊은 고요 속에서 자신이 목동이 되어 느긋하게 산책을 하고 있다고 생각했다. 파타고니아의 목동들이 이 양 떼에서 저 양 떼로 천천히 옮겨 다니듯이, 파비앵은 이 도시에서 저 도시로 옮겨 다니는 도시의 목동인 셈이었다. 그는 두 시간마다 규칙적으로 강가에 물을 마시러 가거나 들판에서 한가로이 풀을 뜯는 양 떼를 바라보았다.

바다보다 인적이 드문 대초원을 100여 킬로미터쯤 지나다 보면, 이따금 세상과 동떨어져 있는 농가를 만나기도 했다. 비행기 뒤로 사라져 가는 그 농가의 모습은 마치 초원의 넘실거림 속에서 인간이 져야 할 삶의 무게를 힘겹게 지탱하고 있는 배처럼 보였다.

파비앵은 그 외로운 배를 향해 비행기 날개를 흔들어 인사를 건넸다.

산 훌리안이 보임. 십 분 후 착륙 예정.

항공 무선사는 모든 무선국에 이 내용을 전달했다.

마젤란 해협에서 부에노스아이레스까지 약 2,500킬로미터가 넘는 이 항공 노선에는 비슷비슷하게 생긴 기항지들이 늘어서 있었다. 그 가운데 산 훌리안 기항지는 아프리카에서 최후로 정복당한 부족 마을이 신비로움 속에 모습을 나타내듯이 밤의 끝자락에서 서서히 자태를 드러내었다.

그때 무선사가 파비앵에게 쪽지를 건넸다.

천둥 번개가 심해서 수신 상태가 좋지 않습니다. 산 훌리안에서 쉬었다 갈까요?

파비앵은 설핏 미소를 지었다. 하늘이 수족관처럼 고요했기 때문이다. 그들 앞에 있는 모든 기항지에서 '하늘 맑음, 바람 없음.'이라는 메시지를 통보했다.

파비앵이 대답했다.

"계속 갑시다."

하지만 무선사는 왠지 개운치가 않았다. 과일 속에 벌레가 숨어 있듯, 어딘가에 분명 폭풍우가 웅크리고 있을 것만 같았다. 밤하늘은 아름다웠지만 어딘가 수상한 구석이 있었다. 그래서 금세라도 폭풍우가 일 것 같은 이 어둠 속으로 선뜻 들어가고 싶지가 않았다.

파비앵은 엔진 속도를 서서히 줄여 산 훌리안으로 내려갔다. 피로가 슬슬 몰려왔다. 인간의 삶을 푸근하게 해 주는 모든 것—집, 카페, 산책로의 나무 들이 그에게로 다가오고 있었다.

파비앵은 정복을 끝낸 뒤 자신의 제국이 된 영토를 굽어보며 소박한 행복을 맛보는 정복자가 된 기분이었다. 이제 무기를 내려놓고 한없이 지치고 고단했을 몸의 통증을 살피고 싶었다.

인간은 빈곤함 속에서도 얼마든지 풍요로움을 느낄 수 있었다. 파비앵은 이제 더 이상 바뀌지 않는 풍경을 창문 너머로 바라보며 소소한 풍요로움을 느꼈다.

파비앵은 이 작은 마을에서도 기꺼이 살 수 있을 듯했다. 일단 이곳을 선택하고 난 뒤에는 자신의 삶에 우연히 찾아드는 일들에 대개는 만족을 하게 마련이었다. 그것이 무엇이든 좋아할 수 있지 않을까? 사랑처럼 자신을 속박하는 것이라 해도 상관없었다.

파비앵은 여기에 오래오래 살면서 이 마을이 지니고 있는 영원성의 일부를 차지하고 싶었다. 그가 잠시 머물렀던 작은 도시들과 그가 스쳐 갔던 오래된 담으로 둘러싸인 정원들은 그와 아무런 상관 없이 영원히 존재할 것처럼 보였다.

마을이 비행기 쪽으로 솟아오르듯 서서히 모습을 드러냈다. 파비앵은 이웃의 친절함, 여인들의 상냥함, 흰 식탁보의 내밀함, 그리고 영원에 차츰차츰 길들여지는 모든 것들을 차례차례 떠올렸다.

어느새 마을이 비행기 날개와 맞닿을 듯 가까워졌다. 돌담으로 에워싸인 정원이 신비로운 자태를 드러내며 눈앞에 펼쳐졌다. 그러나 막상 착륙을 했을 때는 돌담 사이로 천천히 걸어가는 남자 몇 명 외에는 아무도 보지 못했다. 마을은 미동도 하지 않은 채 열정과 관련된 모든 비밀을 애써 감추고 있었다. 다정함 또한 완강하게 거부했다. 파비앵은 정복자로서의 만족감을 일찌감치 포기했어야 했다.

착륙하고 나서 십 분이 지난 후, 파비앵은 다시 떠날 채비를 했다. 그는 산 홀리안을 뒤돌아보았다. 산 홀리안은 한 줌의 빛, 한 줌의 별이었을 뿐이다. 마지막으로 그를 붙잡아 두려 했던 하찮은 미련마저도 금세 사라져 버렸다.

"계기판이 잘 안 보이는군. 불을 켜야겠어."

그는 연결 스위치를 올렸다. 그러나 붉은빛이 조종석의 파란빛 속에서 아직 제 빛을 내지 못해 계기판의 바늘이 잘 보이지 않았다. 그는 파란빛 주위에 손가락을 대 보았다. 불빛이 손가락을 제대로 비추지 못했다.

"아직 이른걸."

하지만 검은 연기와도 같은 밤이 비행기 쪽으로 급하게 올라오고 있었다. 이미 계곡은 어둠에 묻혀 있었다. 어디가 계곡이고 어디가 들판인지 구별할 수가 없었다. 마을 여기저기에 등불이 하나둘씩 켜졌다. 마을의 불빛들이 마치 서로 화답하는 것처럼 보였다. 파비앵은 손가락으로 위치 표시등을 켰다 껐다 하며 마을의 불빛에 응답했다. 지상은 하늘의 불빛이 보내는 신호에 긴장을 늦추지 않았다.

지상의 집들은 바다를 향해 등대 불을 켜듯이, 거대한 밤을 향해 각자의 별에 불을 밝히면서 빛의 부름에 대답했다. 인간의 삶을 감싸고 있던 모든 것이 반짝거리기 시작했다. 파비앵은 배가 천천히, 그리고 멋지게 항구에 들어가는 것처럼 비행기가 어둠 속으로 거침없이 나아가는 것이 매우 멋진 일이라고 생각했다.

그는 조종석에 머리를 깊숙이 파묻었다. 계기판 바늘의 라듐이 점점 빛을 내기 시작했다. 계기판의 숫자들을 하나씩 점검하고 나자 새삼스럽게 만족감이 느껴졌다. 비록 하늘에 떠 있긴 해도 자신이 고정된 곳에 확실하게 자리 잡고 있다는 것을 확인했기 때문이다.

그는 강철로 된 세로 받침대를 손가락으로 만져 보았다. 금속에서 생기가 느껴졌다. 금속은 비록 움직이진 않지만 살아 있었다. 500마력의 모터가 딱딱한 얼음을 벨벳처럼 부드럽게 바꿀 수 있도록 금속에 힘을 불어넣었다.

파비앵은 오랫동안 비행을 하면서도 어지러움이나 몽롱함을 느낀 적이 없었다. 오로지 살아 있는 육신의 신비한 힘만을 생생하게 느낄 뿐이었다.

이제 또 하나의 세계가 생겨났다. 그는 팔꿈치를 살짝만 움직이고도 그 세계에 편안하게 자리를 잡았다. 전기 배전반을 손으로 두드렸다. 스위치도 하나하나 건드려 보았다. 그리고 몸을 이리저리 움직여 가장 편안한 자세로 고쳐 앉았다. 밤이 어깨로 떠받치고 있는 5톤짜리 금속의 균형감을 더 잘 느껴 보고 싶어서였다.

그는 손을 더듬어 비상등을 찾은 다음 제자리에 내려놓았다. 잠시 후 비상등을 다시 집어 들어 손에서 미끄러지지 않는지 확인하고는 천천히 내려놓았다. 그다음에는 여러 장치의 손잡이를 일일이 더듬으며 위치를 파악했다. 혹시라도 앞이 보이지 않을 때 문제 없이 잡을 수 있도록 미리 손에 감각을 익혀 두려는 것이었다.

손가락을 여러 차례 움직여 익숙해진 후에야 비상등을 켰다. 각종 계기들이 조종석 주변을 에워싸고 있었다. 그는 계기판을 주시하며 잠수하듯 어둠 속으로 뛰어들었다.

얼마 후, 비행기가 차분해졌다. 그 어떤 흔들림도 없었다. 자이로스코프(동체의 좌우 균형을 유지시켜 주는 장치―옮긴이)와 고도계, 엔진의 회전율이 모두 일정하게 유지되었다. 파비앵은 그제야 가볍게 기지개를 켰다. 의자 받침대에 뒷목을 댄 채 명상에 빠져들었다. 무언가 희망을 떠올리게 하는 명상이었다.

지금 이 순간, 그는 밤의 한복판을 지키는 야간 경비원이 되어 어둠이 보여 주는 인간 세계를 바라본다. 그리고 여기저기서 들리는 외침과 불빛, 불안을 발견한다.

어둠 속에 빛나는 저 소박한 별 하나……. 외진 곳에 홀로 서 있는 집 한 채이다. 깜빡거리다 꺼져 가는 또 다른 별 하나……. 그건 사랑을 그 안에 가두기 위해 서둘러 불을 끈 집이다. 어쩌면 세상에 신호를 보내는 일이 지겨워서 그 일을 멈춘 집일지도 모른다.

등불 아래 탁자에 팔을 괴고 앉은 농부들은 정작 자신이 무엇을 바라는지조차 알지 못한다. 그들의 욕망이 이 거대한 밤 세계의 아주 먼 곳까지 전해진다는 사실을 전혀 눈치채지 못한다.

하지만 파비앵은 그들의 욕망을 놓치지 않는다. 1,000킬로미터 이상의 거리를 이동하는 동안 비행기를 요동치게 할 만큼 격렬한 바람을 숨 쉬듯 들이마시고 내뱉으며 지나갈 때도, 전쟁터를 방불케 하는 열 차례의 천둥 번개를 지날 때도, 그사이에 달빛이 비치는 곳을 스칠 때도 그는 불빛들을 정복한다는 마음으로 그 속에 담긴 욕망들을 하나하나 발견해 낸다.

저 농부들은 등불이 그저 볼품없는 탁자를 비출 뿐이라고 생각하겠지만, 그들에게서 80킬로미터쯤 떨어진 곳에서는 그 빛이 보내는 신호를 고스란히 듣는 사람이 있는 것이다. 그것은 마치 무인도에 표류한 농부들이 바다를 바라보며 등불을 절박하게 흔드는 것과 다름없다.

제 2 장
운명의 제비뽑기

파타고니아 노선, 칠레 노선, 그리고 파라과이 노선의 우편 항공기 석 대가 각각 남쪽과 서쪽과 북쪽에서 부에노스아이레스를 향해 돌아오고 있었다. 이곳에서 자정쯤에 떠날 유럽행 비행기가 우편물을 옮겨 싣기 위해 대기 중이었다.

세 명의 조종사는 각각 짐배처럼 무거운 비행기 엔진 덮개 뒤에 앉아 밤하늘을 떠도는 자신들의 비행을 떠올렸다. 그러다가 때로는 폭풍우가 몰아치기도 하고, 때로는 한없이 평화로운 하늘에서 거대한 도시를 향해 천천히 하강했다. 그 모습은 흡사 시골의 농부들이 산에서 내려오는 모습과 비슷했다.

우편 항공망의 총 관리자인 리비에르는 부에노스아이레스의 착륙장을 어슬렁거렸다. 그는 한참 동안 아무 말이 없었다. 비행기 석 대가 무사히 착륙하기 전까지는 안심할 수가 없기 때문이었다. 거의 일 분 간격으로 무선국에서 전신이 왔다. 그럴 때마다 리비에르는 자신이 운명의 제비뽑기를 통해 불확실한 확률을 줄이고, 승무원들을 밤하늘에서 해안 쪽으로 안전하게 이끌고 있다는 생각이 들었다.

잡역부가 그에게 다가와 무선국에서 보내온 소식을 전했다.

"칠레 노선 우편 항공기에서 지금 부에노스아이레스의 불빛이 보인다고 합니다."

"좋아."

리비에르는 머지않아 그 비행기 소리를 듣게 될 것이다.

밀물과 썰물……. 신비로움으로 가득 찬 바다가 오랫동안 품어 왔던 보석을 바닷가에 돌려주듯, 곧 밤이 비행기 한 대를 지상으로 내려보낼 것이다. 조금만 더 기다리면 나머지 두 대도 보내 줄 테지.

그러면 오늘 하루 일과가 끝이 나는 셈이었다. 오랜 비행에 지친 승무원들은 잠을 자러 가고, 그 자리는 새로운 승무원들이 교대를 하겠지. 하지만 리비에르는 잠시도 쉴 짬이 없었다. 이번에는 유럽으로 떠나는 우편 항공기를 걱정해야 하기 때문이었다. 이러한 일상은 앞으로도 하염없이 계속되리라.

이 늙은 전사는 난생처음 피로감을 느끼고는 화들짝 놀랐다.

비행기가 모두 도착한다고 해서, 전쟁에서 이긴 것마냥 행복한 평화의 시대가 도래하는 것은 아니었다. 그것은 앞으로 걸어가야 할 수많은 걸음 중에서 고작 한두 걸음을 내디딘 것에 불과했다.

리비에르는 오래전부터 팽팽하게 긴장된 팔로 무거운 짐을 쉼 없이 들어 올리고 있는 것처럼 힘겨웠다. 그것은 휴식도 없고 희망도 없는, 그저 노력이라는 이름의 짐이었다.

'난 늙어 가고 있어.'

자신의 행동에서 보람을 느끼지 못한다면 이미 늙은 것이 분명했다. 예전에는 생각조차 하지 않았던 일에 의문을 품는 자신이 가끔씩 이상하게 느껴졌다. 그가 애써 거리를 두며 떨쳐 버리려 했던 무언가가 자신을 향해 우수에 찬 목소리로 자꾸만 말을 건네는 것만 같았다. 그 무언가는 길을 잃은 거대한 바다였다.

'이 모든 것이 나와 이렇게 가까이 있었던 건가?'

그는 언제나 삶의 유희를 '시간이 나면 즐겨야지.' 하고 숱하게 훗날로 미루어 왔다. 언젠가는 그런 날이 진짜로 올 것처럼, 인생의 황혼기에 이르면 정말로 행복한 평화를 누릴 수 있을 것처럼.

하지만 평화는 거기에 없었다. 어쩌면 승리도 없을지도 모른다는 생각이 들었다. 우편 항공기의 종착지 자체가 아예 없을지도 몰랐다.

리비에르는 늙은 정비 감독 르루 앞에서 걸음을 멈추었다. 르루도 사십 년 동안 이곳에서 일을 했고, 자신의 온 힘을 쏟아 부었다.

그는 늘 밤 10시나 자정이 되어서야 귀가했다. 그렇게 한다고 해서 그에게 신세계가 펼쳐지는 것도 아니었고, 현실에서 벗어나게 되는 것도 아니었다. 그는 무거운 머리를 들어 올리며 검푸르게 변한 프로펠러의 회전축을 손가락으로 가리켰다.

리비에르는 그를 보며 미소를 지었다.

"이 녀석이 꽤 고집스럽게 버텼지만 결국 해결을 했답니다."

르루가 말했다. 리비에르는 몸을 굽혀 회전축을 들여다보고는 이내 직업 의식을 되찾은 듯 이렇게 말했다.

"좀 더 부드럽게 손봐 달라고 정비소에 얘기해야겠군."

리비에르는 마모된 부분을 손으로 만져 본 뒤 다시 르루를 쳐다보았다. 그의 얼굴에 깊게 팬 주름을 보자 갑자기 이상한 질문이 하고 싶어 입이 근질거렸다. 리비에르는 설핏 웃음을 지었다.

"르루, 자넨 사랑을 많이 해 봤나?"

"하, 사랑이라? 소장님도 아시다시피……."

"자네도 나처럼 시간이 없었단 소리군."

"글쎄요, 시간이……."

리비에르는 르루의 목소리에 귀를 기울였다. 그의 대답에 만족감이 묻어 있는지 알고 싶어서였다. 마치 목수가 널빤지를 멋지게 다듬은 다음에 '그래, 이 정도면 됐어.' 하고 스스로 만족하듯……. 다행히도 르루는 과거를 회상하며 차분한 만족감을 느끼는 것처럼 보였다.

리비에르도 '그래, 내 삶도 이 정도면 된 거지.'라고 속으로 생각했다. 그리고 고단함 때문에 몰려든 서글픈 생각을 떨쳐 내고 격납고 쪽으로 걸어갔다. 칠레 노선 우편 항공기가 요란한 소리를 내며 다가오고 있었다.

제 3 장

낯선 얼굴

　멀리서 들리던 엔진 소리가 점점 더 커졌다. 비행기 소리가 가까이에서 들리자 불이 하나둘 켜졌다. 붉은색 항공 표시등이 격납고와 무선 전신 철탑과 사각형의 착륙장을 환히 밝혔다. 사람들은 이제 축제를 준비했다.

　"저기 왔다!"

　비행기가 벌써 탐조등의 불빛을 뚫고 구르고 있었다. 어찌나 반짝반짝 빛이 나던지 마치 새 비행기처럼 보였다. 비행기가 격납고 앞에 멈추자, 정비사와 잡역부들이 우편물을 내리느라 분주하게 움직였다. 그런데 어찌 된 일인지 조종사 펠르랭은 꼼짝도 하지 않았다.

"어라? 안 내리고 뭐해?"

뭔가 알 수 없는 일에 매달려 있는 듯, 조종사는 대꾸조차 하지 않았다. 어쩌면 아직까지도 비행기 소음에 휩싸여 있는 것인지도 몰랐다. 그는 천천히 고개를 끄덕이더니 몸을 앞으로 숙였다. 그리고 무엇인가를 손으로 만지작거렸다.

마침내 그는 상사와 동료를 향해 몸을 돌렸다. 그러고는 특유의 엄숙한 표정으로 그들을 차례로 바라보았다. 마치 그 수를 헤아린 다음 크기와 무게를 재 보며 만족해하는 듯이.

또 축제 분위기의 격납고와 단단한 시멘트 바닥, 그리고 저 멀리 역동성이 느껴지는 도시와 여자들, 그 열기를 드디어 자신의 것인 양 받아들이는 듯했다. 그는 그 사람들이 자신의 신하라도 되는 것처럼 두 손으로 널찍하게 휘어잡았다. 자신이 원하기만 하면 이제는 그들을 만질 수도 있고, 그들이 내는 소리를 들을 수도 있고, 그들에게 욕을 할 수도 있었기 때문이다.

그는 사람들에게 그렇듯 편안히 달구경이나 하고 있었느냐고 욕을 해 주고 싶었다. 하지만 정작 그의 입에서는 마음과 달리 정겨운 말이 튀어나왔다.

"……술이나 한잔 사세요."

그러고는 비행기에서 천천히 내렸다.

조종사는 이번 비행에 대해 뭔가 얘기하고 싶은 눈치였다.

"그걸 당신들이 알기나 할는지!"

그는 이 정도 얘기했으면 충분히 이해했으리라 생각하고, 비행복을 갈아입기 위해 자리를 떴다.

펠르랭은 침울한 표정의 감독관과 입을 꾹 다문 리비에르가 타고 있는 자동차에 올라탔다. 그들은 부에노스아이레스를 향해 달리고 있었다. 펠르랭은 내내 기분이 울적했다. 임무를 무사히 마친 뒤, 지상에 발을 내디디면서 거친 욕을 내뱉는 것은 정말이지 큰 즐거움 중 하나였다. 그것만큼 기쁜 일이 또 있을까!

그런데 자꾸만 머릿속에서 정체를 알 수 없는 의혹이 생겼다.

그는 실제로 태풍과 맞서 싸웠다. 그것은 한 치의 거짓도 없는 진실 그 자체였다. 그러나 자신이 본 어떤 형체는 결코 진실에 가깝다 할 수가 없었다.

'그것은 폭동과 같았다. 얼굴이 창백해지면서 모든 것을 순식간에 바꿔 버렸다!'

그는 기억을 더듬어 머릿속에 떠올리려고 애썼다.

그때 그는 안데스 산맥을 넘어가고 있었다. 겨울눈이 산맥 위에 평화롭게 쌓여 있었는데, 몇백 년 동안 아무도 살지 않은 성곽의 고요함을 꼭 빼닮았다. 200킬로미터 남짓 이어지는 산맥 위에는 그 어떤 생명의 기운도, 인간이 남긴 흔적도 보이지 않았다. 하지만 해발 6,000미터에서 맞닥뜨린 수직 능선과 깎아지른 듯한 암벽, 거대한 적막함은 이전의 평온함과는 확연히 다른 것이었다.

투풍가토 산봉우리 근처를 지날 때였다.

그는 골똘히 생각에 잠겼다. 바로 그곳에서 기적을 보았던 것이다.

처음엔 아무것도 보지 못했다. 하지만 혼자라고 생각했는데 혼자가 아니었다. 누군가가 자신을 쳐다보고 있다는 생각이 들면서 왠지 모르게 불안해지기 시작했다.

순간, 너무 늦었다는 생각이 들었다. 그리고 어쩌다 그렇게 되었는지도 모른 채 분노에 휩싸이고 말았다. 대체 이 분노는 어디에서 온 것일까? 분노가 바위에서 흘러나오고 눈에서 솟아나올 수도 있단 말인가? 주변에는 그를 향해 다가오는 대상이 전혀 없었을뿐더러 음산한 폭풍의 기미조차 없었다.

그런데 완전히 다른 세상이 순식간에 눈앞에 펼쳐졌다. 펠르랭은 깨끗한 산봉우리와 산등성이, 연한 회색빛이 감도는 눈 덮인 능선을 바라보며 말로 표현하기 힘든 압박감을 느꼈다.

그 모습은 꼭 사람들이 무리지어 움직이는 것처럼 보였다. 그는 저항할 대상이 딱히 없는데도 핸들을 꽉 움켜쥐었다. 뭔가 불가사의한 일이 일어날 것만 같았다. 금방이라도 짐승이 코앞에서 튀어오를 것처럼 바짝 긴장했다. 그러나 정작 그의 눈에 보이는 것은 고요함뿐이었다. 묘한 힘으로 가득 찬 고요함.

이어서 눈앞의 모든 것들이 날카롭게 벼리었다. 산등성이와 산봉우리는 예리한 칼날 같았고, 강풍을 헤치고 나아가는 뱃머리처럼 보였다. 다른 뱃머리들이 그의 주위를 에워싸며 여기저기에서 모습을 드러냈다. 마치 거대한 배들이 전투 대형을 갖추는 듯했다.

갑자기 바람과 함께 먼지가 위로 솟아오르더니 배의 돛 모양을 만들며 눈이 쌓인 곳을 따라 천천히 퍼졌다. 펠르랭은 만약의 경우를 대비해 탈출구를 찾아 뒤를 돌아보다가 몸을 부르르 떨었다. 뒤쪽의 안데스 산맥이 일시에 술렁이고 있었다.

"이젠 끝장이야."

앞쪽에 있는 산봉우리에서 눈이 분출했다. 영락없이 눈을 내뿜는 화산 같았다. 잠시 뒤, 오른쪽의 다른 산봉우리에서, 이어 모든 봉우리에서 차례로 눈덩이가 불꽃처럼 폭발했다. 눈에 보이지 않는 달리기 선수가 이 산에서 저 산으로 뛰어다니며 불을 붙이는 것만 같았다.

그와 동시에 난기류가 형성되면서 주변에 있는 산들이 점점 동요하기 시작했다. 진짜 격렬한 행위는 그 흔적을 남기지 않는 법이다.

그래서인지 그는 자신을 휘감았던 커다란 소용돌이에 대해 더 이상 세세히 기억하지 못했다. 단지 자신이 회색 불꽃 속에서 악을 쓰며 몸부림쳤다는 기억밖엔…….

그는 진지하게 생각했다.

'태풍은 별게 아니야. 어떻게든 목숨을 건질 수 있으니까. 하지만 방금 만난 그 녀석은 정말이지……'

펠르랭은 수천의 얼굴 중에서 자신이 본 그 얼굴을 또렷하게 기억한다고 생각했다. 하지만 금세 그 얼굴을 잊어버렸다.

제 4 장

강력한 규칙

리비에르는 펠르랭에게로 눈길을 돌렸다. 이제 이십 분 후면 차에서 내려 피곤하고 무거운 몸을 이끈 채 군중 속에 파묻히게 되리라. 그는 어쩌면 속으로 '지친다. 이런 고약한 직업 같으니!' 라고 외치고 있을지도 몰랐다. 그러다 아내를 만나면 "안데스 산맥 위를 나는 것보다 이곳이 훨씬 더 좋아."라고 속마음을 털어놓겠지.

그는 보통 사람들이 집착하는 것들에 대해서는 별 관심이 없었다. 그것들이 얼마나 보잘것없는지 경험하고 오는 길이었기 때문이다. 몇 시간 동안 세상의 또 다른 면을 몸으로 직접 겪었다. 불을 환히 밝힌 이 도시에 다시 돌아올 수 있을지 장담할 수 없는 순간들을 보내고 온 것이었다.

같이 있으면 한없이 따분하지만, 그래도 소중하디소중한 어린 시절의 친구들을 다시 볼 수 있을지도 장담할 수 없는 순간들이었다. 그들의 인간적이고 나약한 결점들을 다시는 못 볼 수도 있었다.

리비에르는 생각에 잠겼다.

'우리가 확실하게 구별해 낼 수는 없지만, 이 군중들 가운데에 분명 비범한 사람들이 섞여 있다. 정작 그들은 자신에게 그러한 능력이 있는지조차 모르겠지만 말이다.'

리비에르는 숭배자들을 혐오한다. 그들은 모험의 신성함을 제대로 이해하지 못하는 데다가, 쓸데없는 탄성으로 모험의 참된 가치를 왜곡하고 인간적인 면을 깎아 내리기 때문이다.

반면, 펠르랭은 자신의 품위를 지킬 줄 아는 남자다. 우연히 엿본 세상의 가치를 제대로 파악할 줄 알고 저속한 찬사에 경멸을 보낼 줄 안다.

리비에르는 그런 그를 칭찬하며 이렇게 물었다.

"자네는 어떻게 성공한 거지?"

리비에르는 대장장이가 자기 작업대에 대해 말하듯이, 펠르랭이 오로지 자신의 직업과 비행에 대해서만 얘기하는 것을 좋아했다.

펠르랭은 먼저 퇴로가 막혔다고 설명했다. 그리고 변명이라도 하듯 겸손하게 말을 이었다.

"선택의 여지가 없었습니다."

그는 눈보라가 앞을 가로막는 통에 시야 확보가 불가능했다고 덧붙였다. 그런데 강풍이 비행기를 해발 7,000미터까지 밀어 올려 준 덕분에 간신히 목숨을 구했다는 것이다.

"그 산맥을 지나는 동안, 능선에 거의 닿을 듯한 높이로 비행했습니다."

그는 눈이 자이로스코프의 구멍을 막는 바람에 통풍구 위치를 바꾸었다고 했다.

"보시면 아시겠지만 성에가 껴서 꽁꽁 얼어붙었습니다."

얼마 후에는 또 다른 기류가 몰려와 비행기를 3,000미터 아래로 곤두박질치게 했다. 그때 그는 비행기가 어떻게 아무 데도 부딪히지 않았는지 의아한 생각이 들었다. 어느 순간, 비행기가 평원 위를 날고 있었던 것이다.

"하늘이 맑게 개고 나서야 겨우 상황 파악이 되었어요."

그는 마치 동굴에서 빠져나오는 듯한 기분이었다고 덧붙였다.

"멘도사에도 폭풍이 불던가?"

"아니요, 하늘도 맑은 데다 바람 한 점 없는 날씨에 착륙했어요. 물론 폭풍이 바짝 뒤쫓고 있긴 했지만요."

그는 폭풍에 대해 '어쨌든 좀 이상한 일'이라는 표현을 썼다. 높은 산꼭대기는 눈구름에 잠겨 있었는데, 마치 검은 용암이 들판을 휩쓸고 지나간 듯이 보였다. 그리고 폭풍이 도시들을 차례 차례 강타했다.

"그런 광경은 태어나서 처음 봤어요."

그러더니 갑자기 어떤 장면이 생각났는지 입을 다물었다.

리비에르는 감독관 쪽으로 시선을 옮겼다.

"태평양에서 시작된 태풍이야. 경보 메시지를 너무 늦게 받았지. 원래 이 태풍은 안데스 산맥을 넘어오진 않는데."

감독관은 그 부분에 대해서는 잘 몰랐다. 그래서 고개를 끄덕이며 생각했다.

'그래서 이 태풍이 동쪽으로 계속 진행되리라는 예측밖에 할 수 없었지.'

감독관은 뭔가 머뭇거리며 펠르랭 쪽으로 몸을 돌렸다. 울대뼈가 움직였지만 말은 하지 않았다. 그는 잠시 생각에 잠기더니 앞을 똑바로 응시하며 침울한 위엄에 다시 빠져들었다.

그는 침울함을 마치 짐짝처럼 이리저리 끌고 다녔다. 정확한 이유도 모른 채 리비에르의 호출을 받고 어제 아르헨티나로 달려왔다. 그는 감독관으로서의 직책과 권위를 거추장스럽게 생각했다.

사실 그는 기발한 상상력이나 훌륭한 재치를 칭찬할 자질이 없었다. 그래서 조종사들이 시간을 잘 지키는 것만 추켜세웠다. 또 동료들과 어울려 술을 마시거나 그들에게 반말을 할 권한도 없었다. 같은 기항지에서 일하는 감독관을 우연히 만나 한자리에 있게 되어도 농담을 늘어놓지 못했다.

'평가를 하는 직업은 정말로 힘들어.'

정확히 말하면 그는 평가를 하는 게 아니었다. 그저 고개를 끄덕이는 것이 전부였다. 전반적인 사정을 파악하지 못한 채 머리만 천천히 끄덕이는 것이었다. 그가 하는 일은 직원들의 부적절한 생각들을 감시하는 업무로서 회사의 장비를 가능한 한 오래 유지하게 하는 데 기여했다.

감독관의 임무는 결코 직원들에게 사랑을 받지 못했다. 사랑의 즐거움을 만들어 내는 것이 아니라 보고서를 작성하기 위해서 하는 일이기 때문이다.

리비에르가 그에게 다음과 같은 글을 쓴 후로, 감독관은 보고서에 새로운 방식이라든가 기술적인 해결책을 제안하는 것을 포기했다.

로비노 감독관은 시가 아닌, 제대로 된 보고서를 제출하시오. 로비노 감독관은 앞으로 직원들의 사기를 진작시키는 쪽으로 자신의 능력을 써야 할 것입니다.

그 후부터 그는 사람들이 일상의 양식에 집착하듯, 사람들의 약점에 적극적으로 매달렸다. 술을 마시는 정비사나 밤에 잠을 안 자고 돌아다니는 비행장 관리자, 또 서투르게 착륙하는 비행기 조종사가 보이면 그냥 지나치지 않았다.

리비에르는 그의 행동에 대해 이렇게 말했다.

"아주 똑똑하지는 않지만, 같이 일하면 여러 모로 도움이 되는 사람이지."

리비에르가 세운 규칙은 궁극적으로 사람들을 알아 가는 것이었다. 그러나 로비노의 경우는 규칙을 알아 가는 것이 전부였다.

하루는 리비에르가 그에게 이런 말을 한 적이 있었다.

"로비노, 늦게 출발하는 조종사에게는 특별 수당을 챙겨 주지 말게."

"어쩔 수 없는 사정이 있어도요? 안개 때문에 늦은 건데도요?"

"안개도 예외가 될 수는 없네."

로비노는 부당하다는 소리를 듣는 것을 무서워하지 않는 상사와 함께 일하는 것에 자부심 비슷한 것을 느꼈다. 그 스스로도 이런 무례한 권력 행사를 통해 나름대로 위엄을 보인다고 믿었다.

그는 비행장 책임자들에게 자주 이런 말을 내뱉었다.

"6시 15분에 출발했으니 특별 수당을 줄 수 없소."

"로비노 감독관님, 5시 30분에는 전방 10미터도 보이지 않았는걸요."

"규칙은 규칙이라네."

"로비노 감독관님, 우리가 안개를 쓸어 낼 수는 없잖습니까?"

그러면 로비노는 신비주의를 방패로 삼았다. 그는 회사에서 간부급 직원에 속했다. 작은 팽이처럼 바삐 돌아가는 직원들을 날마다 상대하면서 어떻게 대처해야 날씨에 대한 불만이 없어지는지 차츰 깨달았다.

"그는 별 생각이 없어. 그러니 잘못된 생각도 할 리가 없지."

리비에르가 그에 대해 말했다.

만약 어떤 조종사가 비행기 동체를 파손하면 무사고 수당을 받지 못했다.

"만약에 숲 위에서 고장이 난 거면요?"

로비노가 묻자 리비에르는 이렇게 대답했다.

"숲 위에서도 마찬가지지."

로비노는 상사의 지시대로 움직였다.

그는 나중에 조종사들에게 자신 있는 목소리로 말했다.

"이런 말을 해서 참 유감이네만, 고장이 어디에서 나든 마찬가지야."

"로비노 감독관님, 그런 건 우리 맘대로 되는 게 아니잖아요!"

"규칙은 규칙이야."

'규칙이란 일종의 종교 의식 같은 것이었다. 리비에르는 언뜻 비합리적인 것처럼 보이지만, 인간을 원하는 방법으로 교육시키는 데는 그만한 것이 없다.'라고 생각했다.

리비에르는 어떤 일이 정당하건 정당하지 않건 신경 쓰지 않았다. 어쩌면 그에게는 이 둘의 차이가 별로 중요하지 않을지도 몰랐다.

작은 도시에 사는 시민들은 저녁이 되면 음악당 주변을 천천히 산책하곤 했다. 리비에르는 그 모습을 보며 생각했다.

'저들에게 정당함과 부당함은 별 의미가 없어. 그런 건 애초에 없었으니까.'

그의 눈에 비친 인간은 반죽을 해서 모양을 빚어야 하는 밀랍에 지나지 않았다. 밀랍이라는 물질에 영혼을 불어넣고 의지력을 만들어 줘야 했다. 그는 그들을 강하게 억압할 생각은 없었다. 다만, 그들이 자기 능력의 한계를 뛰어넘게 만들고 싶었다.

출발 시각이 늦으면 이유와 상관없이 무조건 벌을 주는 것은 스스로 생각해도 불공평했다. 하지만 모든 비행장이 출발 시각에 늦지 않게끔 바짝 긴장하게 하는 의지력을 키운 것은 틀림없었다. 그 의지력의 창시자는 바로 리비에르 자신이었다.

날씨가 안 좋으면 직원들이 그 상황을 휴식으로 여기며 즐거워하지 못하게 만들기 위해서였다. 직원들 스스로 궂은 날씨를 불만스럽게 여기며 빨리 좋아지기를 바라도록 만든 셈이었다. 그리하여 말단 직원까지도 시간이 지체되는 것을 부끄럽게 여기게끔 했다.

철갑을 두른 것처럼 사방에 안개가 짙게 퍼져 있어도, 조금이라도 빈 공간이 보이면 조종사들은 그곳을 이용했다.

"북쪽 안개가 걷혔다. 그쪽으로 출발하자!"

리비에르 덕분에 1만 5,000킬로미터의 항공로를 이동하는 우편 항공기에 대한 예찬이 쏟아졌다.

리비에르는 이따금 이런 말을 하곤 했다.

"저 사람들은 행복하지. 왜냐하면 자신이 하는 일을 좋아하니까. 내가 혹독하게 대하기 때문에 그들은 그 일을 더 사랑하게 된 거야."

어쩌면 그는 부하 직원들을 몹시 힘들게 하는지도 몰랐다. 하지만 그와 더불어 강렬한 기쁨도 안겨 주었다.

그는 이렇게 생각했다.

'저들을 강한 삶 속으로 밀어 넣어야 해. 그래야 고통과 기쁨을 제대로 훈련할 수 있지. 그것만이 유일한 가치를 지니니까.'

차가 시내로 들어서자, 리비에르는 사무실 앞에서 내렸다. 로비노는 펠르랭과 둘이 남게 되자, 조종사 쪽을 바라보며 할 말이 있는지 입술을 달싹거렸다.

제 5 장

외로운 감독관

그날 밤, 로비노는 맥이 빠져 있었다. 승리자 펠르랭과 마주하고 보니 자신의 삶이 더없이 암울하다는 생각이 들었다. 감독관이라는 직위와 권한을 가졌음에도 불구하고, 손에 시커멓게 기름때를 묻힌 채 피곤에 절어 자동차 뒷좌석에 눈을 감고 몸을 기댄 저 남자보다 자신이 훨씬 못하다는 생각이 들었다.

이런 기분이 든 것은 이번이 처음이었다. 로비노는 그것을 말로 표현하고 싶었다. 어떻게든 그와 친구가 되고 싶었다. 이곳까지의 힘든 여정도 그렇거니와, 무엇보다 낮에 있었던 실수 때문에 상당히 기가 죽은 상태였다. 자기 자신이 한없이 어리석게 느껴졌다.

그는 저녁에 연료량을 확인하다가 자신이 한 계산에 오류가 있다는 것을 알아차렸다. 하필이면 평소에 *그가* 꼬투리를 자주 잡곤 했던 직원이 안됐다는 표정으로 직접 나서서 계산을 바로잡아 주었다.

문제는 그전에 로비노가 B6호 기름 펌프를 B4호 기름 펌프로 착각하고 직원들을 야단친 것이었다. 그런데도 정비사들은 음흉한 속내를 드러내지 않은 채 로비노의 무지, '결코 용서할 수 없는 무지'가 잔뜩 배어나는 연설을 이십 분 동안이나 묵묵히 듣고 있었다.

로비노는 호텔에 혼자 있는 것이 두려웠다. 툴루즈에서 부에노스아이레스까지 와서 일을 마치고 나면 호텔에 머물 수밖에 없었다. 그는 무겁고 비밀스런 마음으로 그곳에 칩거하듯 틀어박혔다. 그리고 천천히 '보고서'라는 것을 썼다. 몇 줄을 적다가 찢어 버리는 식이었지만.

그는 언제나 회사를 심각한 위기에서 구해 내고 싶었다. 그러나 회사는 위기 없이 잘 굴러갔다. 지금까지 그가 구했다고 말할 수 있는 것은 프로펠러의 녹슨 회전축이 전부였다.

그가 침울한 표정으로 녹슨 회전축을 가리키자, 비행장 관리 책임자는 대뜸 이렇게 말했다.

"바로 앞에 지나온 비행장에 말씀하셨어야죠. 이 비행기는 방금 거기를 지나왔잖아요."

로비노는 자신이 하는 일에 회의가 들었다.

펠르랭과 가까워지고 싶은 마음에 그는 한껏 용기를 내어 말을 걸었다.

"나하고 저녁 식사를 같이하지 않겠나? 그 참에 이런저런 얘기라도 나누고. 가끔은 일하는 게 힘들기도 하니……."

그러다가 자신을 비하하는 듯한 기분이 들어서 정말로 하고 싶은 말은 꾹 참고 다르게 말했다.

"사실 책임이 막중한 일이긴 하지!"

로비노 밑에서 일하는 직원들은 그와 사적으로 얽히는 것을 좋아하지 않았다. 직원들은 저마다 이렇게 생각했다.

'보고서를 채울 내용을 아직 못 찾아서 저러는 거야. 혹시라도 배가 고픈 상태라면 나를 대번에 먹잇감으로 삼겠지.'

그러나 그날 밤 로비노는 정작 자기의 불행한 처지밖에는 아무 생각이 없었다. 요즘 그는 자신의 유일한 비밀인 습진 때문에 계속 시달렸다. 그 비밀을 누군가에게 털어놓고 위로를 받고 싶었다. 잘난 척을 하고선 위로를 받을 수 없기 때문에 어떻게든 겸손한 태도를 보여야만 했다.

또한, 프랑스에는 그가 좋아하는 여자가 살고 있었다. 언젠가 프랑스로 돌아가면 밤에 그녀를 만나 자신이 맡은 감독관 일에 대해 불평을 늘어놓으며 즐겁게 수다를 떨면서 마음을 얻고 싶었다. 하지만 정작 그 여자는 로비노를 좋아하지 않았다. 그래서 이번 참에 그 여자에 대한 이야기도 누군가에게 속시원히 털어놓고 싶었다.

"그럼, 함께 저녁 식사를 할까요?"

펠르랭은 그의 청을 흔쾌히 받아들였다.

제 6 장

밤의 파수꾼

리비에르가 부에노스아이레스 비행장 사무실에 들어갔을 때 직원들은 반쯤 졸고 있었다. 그는 외투에 모자까지 쓰고 있었다. 그야말로 영원한 여행자의 차림새였다.

그는 체구가 작아서인지 사무실에서 돌아다녀도 그다지 표가 나지 않았고, 또 수선스럽지도 않았다. 잿빛 머리카락과 눈에 띄지 않는 옷은 주위 배경에 거의 묻히다시피 해서, 정작 직원들은 그가 왔다 갔다는 사실조차 알아채지 못할 때가 많았다.

하지만 그의 등장을 눈치채었을 땐 직원들의 태도가 싹 달라졌다. 갑작스레 바삐 움직이며 업무에 몰두하는 척했다. 사무 직원들은 놀라서 허둥댔고, 계장은 서류를 급히 들추며 타자기를 두드렸다.

전화 교환원은 교환대에 플러그를 얼른 연결한 뒤, 두꺼운 장부를 펼치고 전신 내용을 빠르게 옮겨 적었다.

리비에르는 자리에 앉아 전신들을 찬찬히 읽었다.

칠레 노선 비행기의 수난이 한 차례 지나간 후, 무사히 마감된 하루 일과를 기록한 전신을 행복한 마음으로 읽고 또 읽었다. 비행기가 지나간 비행장에서 순서대로 보내온 전신은 승리를 알리는 간결한 보고서와 같았다. 파타고니아 노선 비행기도 예정 시간보다 속도가 빨랐다. 남풍 덕분에 비행 노선에 유리한 기류가 형성되었다.

"기상 예보 자료를 주게."

비행장마다 맑은 날씨와 쾌청한 하늘, 그리고 순풍을 자랑했다. 황금빛 저녁노을이 아메리카 대륙을 따사롭게 물들이고 있었다. 리비에르는 모든 게 순조로운 것 같아 만족스러웠다.

지금 이 순간, 우편 항공기는 어디에선가 밤의 모험을 하고 있겠지만, 적어도 운이 좋은 상황에서 싸우고 있는 셈이었다.

리비에르는 장부를 밀어냈다.

"좋아."

세상의 반쪽을 지키는 밤의 파수꾼처럼, 그는 밖으로 나가 야간 경비 작업이 잘 이뤄지고 있는지 둘러보았다.

리비에르는 열린 창문 앞에서 걸음을 멈추고는 밤과 마주했다. 밤은 부에노스아이레스를 휘감고 있었으며, 거대한 범선처럼 아메리카 대륙을 감싸고 있었다. 그에게는 밤의 웅대함이 조금도 낯설지 않았다.

칠레 산티아고의 하늘은 그에게 항상 이국적으로 다가왔다. 하지만 일단 우편 항공기가 산티아고를 향해 떠나면 항공로의 한쪽 끝에서 다른 쪽 끝까지 펼쳐진, 같은 지붕 밑에 있는 격이 되었다.

이제 곧 무전 수신기를 들고 신호 대기 중인 또 다른 우편기가 내뿜는 빛을 파타고니아의 어부들이 보게 될 것이었다. 비행 중인 우편 항공기의 안전을 걱정할 때마다, 리비에르는 그 비행기가 요란한 엔진 소리를 내며 지나가는 여러 도시와 지방을 하나하나 떠올렸다.

리비에르는 맑게 갠 밤하늘에 마음이 놓이자, 고단했던 밤들이 머릿속을 차례로 스쳐 지나갔다. 위기에 빠진 우편 항공기를 구조하느라 애를 먹었던 시간들이 생각났던 것이다.

부에노스아이레스 무선국에서는 비행기에서 들려오는 천둥소리 섞인 잡음에 귀를 기울였다. 거친 소음에 묻혀 음악 소리는 어느새 자취를 감추었다. 앞이 보이지 않는데도 밤의 장애물을 화살처럼 빠르게 지나가는 우편 항공기의 처절한 노랫소리는 얼마나 비탄에 젖어 있었을까!

리비에르는 직원들이 밤샘을 할 때는 감독관이 당연히 사무실을 지키고 있어야 한다고 생각했다.

"어서 로비노를 불러와."

그 시각, 로비노는 조종사 펠르랭과 친해지려 한창 애를 쓰고 있었다. 조종사를 호텔로 데려가 짐가방을 풀어헤치며 소지품들을 하나하나 꺼내 보였다.

감독관도 보통의 남자와 하나도 다를 게 없다는 걸 증명해 주는 잡동사니들이 쏟아져 나왔다. 저속한 취향의 와이셔츠 몇 장과 세면도구, 그리고 벽에 핀으로 고정해 두었던 듯한 깡마른 여자 사진 한 장이었다.

그는 펠르랭에게 자신의 욕구와 애정, 후회에 대해 겸손하게 마음을 털어놓았다. 자신의 보물들을 초라한 순서대로 보여 주면서 조종사 앞에서 자신의 궁핍함을 애써 드러내었다. 일종의 정신적인 습진이랄까? 그는 그렇게 자신이 살고 있는 감옥을 공개했다.

누구나 그렇듯, 로비노에게도 한 줄기 빛과 같은 대상이 있었다. 그는 짐가방 맨 밑에서 정성껏 싼 작은 주머니를 꺼내며 흐뭇한 표정을 지었다. 그는 아무 말 없이 한참 동안 그 물건을 만지작거렸다. 마침내 물건을 쥔 손을 펴며 말했다.

"사하라에서 가져온 거라네."

감독관은 막상 비밀을 털어놓고는 얼굴을 붉혔다. 거무스름한 조약돌은 그가 살면서 느낀 좌절과 불행했던 결혼 생활을 위로해 주었다. 뿐만 아니라 잿빛 현실에서 빠져나와 신비로운 세상으로 향할 수 있도록 문을 활짝 열어 주었다.

그의 얼굴이 아까보다 더 빨개졌다.

"브라질에서도 이것과 똑같은 돌을 찾았다네."

펠르랭은 아틀란티스와 같은 상상의 세계에 푹 빠진 감독관의 어깨를 가볍게 두드렸다.

그리고 조심스럽게 그에게 물었다.

"지질학을 좋아하세요?"

"음, 온 열정을 쏟고 있지."

그의 인생에 위안을 주는 것이라곤 오로지 돌밖에 없었다.

그때 사무실에서 호출이 왔다. 로비노는 처음에는 아쉬운 표정을 지었지만 이내 위엄을 되찾았다.

"이만 가 봐야겠어. 리비에르 소장님이 중대하게 결정해야 할 일이 있어서 나를 급하게 찾는다는군."

로비노가 사무실에 들어갔을 때, 리비에르는 감독관을 부른 사실을 까맣게 잊고 있었다.

회사의 항공망이 빨간색으로 표시된 벽걸이 지도 앞에서 그는 명상을 하듯 골똘히 생각에 잠겨 있었다. 감독관은 그의 명령이 떨어지기만을 기다렸다. 몇 분이 더 흘러서야 리비에르는 고개도 돌리지 않은 채 감독관에게 이렇게 물었다.

"로비노, 자네는 이 지도에 대해 어떻게 생각하나?"

그는 상상의 세계에서 현실로 돌아올 때면 이따금 직원들에게 수수께끼 같은 질문을 던지는 버릇이 있었다.

"이 지도 말씀이십니까, 소장님?"

솔직히 말해서 감독관은 그 지도를 봐도 별 생각이 없었다. 그러나 심각한 표정으로 지도를 뚫어져라 쳐다보며 유럽과 아메리카를 살피는 척했다. 리비에르는 명상에 빠져 있느라 그의 행동에는 관심도 두지 않았다.

'항공망은 더없이 훌륭하지만 저 안에서 일하는 건 너무 힘들어. 많은 사람들, 특히 젊은이들의 목숨을 담보로 하고 있지. 어느 정도 체계가 잡힌 덕에 이것저것 주의를 기울이고 있지만, 저 안에 어떤 문제가 도사리고 있는지는 아무도 알 수가 없어!'

리비에르가 가장 중요하게 생각하는 것은 목표였다.

로비노는 지도에서 시선을 떼지 않은 채 그 옆에 뻣뻣하게 서 있었다. 그는 리비에르에게 그 어떤 동정도 바라지 않았다.

한번은 뜻하지 않은 병 때문에 인생을 완전히 망칠 뻔했다고 리비에르에게 고백한 적이 있었다. 그때 리비에르는 퉁명스러운 목소리로 이렇게 대꾸했다.

"병이 나서 잠을 제대로 못 잤다고? 흠, 자네가 일에 집중할 시간이 더 늘어난 셈이군."

진담 반 농담 반으로 한 말이었다. 리비에르는 늘 단언하는 식으로 말을 했다.

　심지어 "음악가가 불면증 때문에 아름다운 작품을 만들 수 있었다면 그 불면증은 훌륭한 병이라고 할 수 있지."라고 말한 적도 있었다. 또 어떤 날은 르루를 가리키며 "저 얼굴 좀 봐. 사랑하는 마음을 저만치로 달아나게 만드는, 저 추한 꼴을 보고 있으면 그야말로 대단하단 말이 절로 나온다니까!"라는 말을 서슴없이 내뱉었다. 혹시라도 르루가 위대하게 보인다면 그것은 한평생 일에만 몰두할 수밖에 없게 만든 못생긴 얼굴 덕분이리라.

　"그래, 펠르랭하고는 조금 가까워졌나?"

　"그게요……."

　"질책하려는 건 아닐세."

　리비에르는 돌아서더니 고개를 숙이고 종종걸음을 쳤다.

　로비노가 그 뒤를 따라갔다. 리비에르의 입가에 애잔한 미소가 어른거렸지만 로비노는 그 뜻을 이해하지 못했다.

　"어쨌든……, 자넨 책임자의 위치에 있어."

　"네."

　로비노가 대답했다.

　리비에르는 매일 밤하늘에서 일어나는 행위가 한 편의 드라마를 만들어 낸다고 생각했다. 의지력이 약해지면 실패로 이어질 수밖에 없었다. 날이 밝아 올 때까지 밤새도록 사투를 벌여야 할 수도 있었다.

"자넨 맡은 역할에 충실해야 해."

리비에르는 단어 하나하나에 힘을 주어 말했다.

"자네가 그 조종사에게 다음 날 저녁에 위험한 여행을 떠나도록 명령을 내려야 할 수도 있어. 그럼, 그자는 자네에게 무조건 복종해야 하지."

"그렇죠."

"자네 손에 수많은 사람들의 목숨이 달려 있는 셈이지. 자네보다 더 가치 있는 사람들의 목숨 말일세."

그는 잠시 주저하며 이렇게 덧붙였다.

"이건 아주 중요한 일일세."

리비에르는 잰걸음으로 서성이며 잠시 침묵을 지켰다.

"만약에 그들이 우정의 이름으로 자네 말을 듣는 거라면 자넨 그들을 속이는 거나 다름없어. 자네가 그런 식으로 그들의 희생을 요구할 권리는 없으니까."

"당연한 말씀이십니다."

"반대로 자네와 친구라는 이유로 고된 일을 피하려고 한다면 그것도 자네가 그들을 속이는 거야. 어찌 되었건 그들은 자네의 명령에 복종해야 하는 입장이니까. 거기 좀 앉아 보게."

리비에르가 부드러운 손길로 로비노의 몸을 책상 쪽으로 밀었다.

"로비노, 자네가 있어야 할 자리에 있게 해 주겠네. 설령 지금 몹시 외롭고 고단하다 해도 자네를 지탱해 줄 사람은 결코 그들이 아니야. 자넨 그들을 책임져야 하는 자리에 있거든. 그들에게 약점을 보이는 것은 비웃음을 사는 짓밖에 안 돼! 자, 받아쓰게."

"저는……."

"'로비노 감독관은 이런저런 이유로 펠르랭 조종사에게 다음의 처벌을 내리기로 결정함.'이라고 써. 그 이유와 처벌은 자네가 알아서 하고."

"소장님!"

"내 말을 제대로 이해했다면 실행에 옮기도록 하게, 로비노. 자네가 명령을 내리는 상대를 사랑하되, 그런 말을 결코 입밖으로 내선 안 되네."

로비노는 분명히 흥분에 휩싸인 채 프로펠러의 회전축을 청소하라고 명령하게 될 것이다.

그때 어느 비상 착륙장에서 무전으로 보내온 전신 내용을 통보했다.

비행기 시야에 확보. 해당 비행기에서 '엔진 회전수 감소로 착륙 불가피'를 통보함.

그렇게 되면 한 삼십 분가량을 낭비하는 꼴이 되었다. 리비에르는 급행열차가 선로에 정지해 몇 분씩 시간을 보낼 때 느끼는 짜증스러움과 비슷한 기분을 느꼈다.

지금 괘종시계의 큰 바늘은 시간의 사각 지대를 가리키고 있었다. 두 바늘이 만든 각도 사이에 얼마나 많은 사건들이 일어날 수 있는지 몰랐다.

리비에르는 기다리는 시간의 지루함을 달래기 위해 다른 곳으로 갔다.

밤은 배우 없는 연극 무대처럼 썰렁했다.

"이 밤도 이렇게 사라져 가는구나!"

리비에르는 창문 너머로 별이 무수히 박힌, 탁 트인 밤하늘을 원망 어린 시선으로 바라보았다. 그렇게 낭비되고 있는 시간의 밤하늘에 금화처럼 떠 있는 달과 신성한 항공 표지를 하염없이 바라보았다.

그러다가도 비행기가 일단 이륙하면 밤은 리비에르에게 더없이 감동적이고 아름다운 풍경을 자아냈다. 그 밤은 이내 한쪽 옆구리에 생명체를 품게 되고, 리비에르는 그 생명체를 정성을 다해 보살폈다.

"앞으로 일기 상태가 어떻게 되지?"

리비에르가 승무원들에게 무전으로 물어보도록 지시했다.

10초 후, 답신이 왔다.

날씨 매우 맑음.

  잠시 후, 비행기가 통과한 도시들의 이름이 차례차례 들려왔
다. 리비에르에게는 이렇게 명명된 도시들이 꼭 전투에 나가 싸
워 정복한 도시들인 것만 같았다.

제 7 장

폭풍우 치는 밤

한 시간쯤 후 파타고니아 노선 우편 항공기의 무선사는 어깨를 들썩거리며 몸을 치켜세웠다. 그는 주위를 둘러보았다. 무거운 구름 떼가 별빛을 끄고 있었다.

지상을 하염없이 내려다보며 풀 속에 숨은 반딧불과도 같은 마을의 등불을 찾아보았다. 그러나 캄캄한 풀숲 같은 마을에서 반짝이는 거라곤 아무것도 없었다.

무선사는 힘겨운 밤이 될 것 같아 마음이 울적했다. 전진과 후퇴를 반복하며 이미 점령했던 땅을 다시 내줄 것 같은 예감이 들었다. 게다가 그는 조종사의 전략을 이해할 수가 없었다. 더 멀리 가면 장벽처럼 높고 단단한 밤과 충돌해야 했다.

지금 그들 앞에 지평선과 나란한 방향으로 대장간 불빛처럼 희미하게 반짝이는 빛을 발견한 사람은 무선사였다. 그는 파비앵의 어깨를 슬쩍 밀었다. 그러나 파비앵은 미동도 하지 않았다.

멀리서 폭풍우가 몰아온 강풍이 비행기를 공격하기 시작했다. 금속 동체가 서서히 위로 올라가는 듯하더니, 무선사의 몸을 누르듯 압력을 가했다가 다시 멈추었다. 잠깐 사이에 일어난 일이지만, 그는 밤하늘에 홀로 떠다니는 듯한 기분이 들었다. 그래서 강철로 만든 세로 받침대를 두 손으로 꽉 붙들었다.

그의 눈에는 오직 조종석의 붉은 램프만 보였다. 외부의 다른 도움 없이 광부처럼 오직 작은 안전등에 의지한 채 밤 한가운데로 떠내려가고 있다는 생각이 들면서 자기도 모르게 몸이 부르르 떨렸다.

그는 차마 파비앵에게 어떻게 할 것인지 물어볼 용기가 나지 않았다. 몸을 앞쪽으로 기울인 채 강철 받침대를 두 손으로 움켜잡고는 파비앵의 어두운 목덜미만 응시했다.

희미한 불빛에 드러난 것은 미동도 하지 않는 파비앵의 머리와 어깨뿐이었다. 그의 몸은 왼쪽으로 약간 치우쳐 있는 거무칙칙한 덩어리 같았다. 폭풍우에 맞서고 있는 그의 얼굴이 번개가 칠 때마다 빛살에 조금씩 깎여 나가는 것만 같았다.

하지만 무선사는 그의 얼굴을 볼 수가 없었다. 폭풍우에 맞서느라 창백해진 얼굴, 삐쭉 나온 입, 의지와 분노가 가득한 표정

사이로 번개가 짧게 내리칠 때마다 오고가는 중요한 정보들을 무선사는 전혀 얻지 못했다.

그러나 무선사는 조종사의 움직이지 않는 그림자 속에서 그의 축적된 힘을 느꼈다. 무선사는 그 그림자를 좋아했다. 그 그림자가 지금 자신을 폭풍우 안으로 데려가는 것은 틀림없지만, 어쨌든 자신을 보호해 주고 있었기 때문이다.

핸들을 꽉 잡은 조종사의 손이 짐승의 목덜미를 짓누르는 것처럼 폭풍우를 세게 억누르고 있었다. 그의 어깨는 조금도 움직이지 않았지만 힘이 잔뜩 들어가 있었다. 무선사는 깊디깊은 곳에 도사린 여분의 힘을 느낄 수 있었다.

무선사는 이 비행기의 책임자는 어찌 됐든 조종사라고 생각했다. 그는 지금 불을 향해 질주하는 말의 안장 위에 앉아, 눈앞에 펼쳐진 어두운 형체의 묵직함과 지속성을 음미하고 있었다.

왼편에서 어슴푸레한 등대 불빛처럼 약한 번개가 또다시 번쩍거렸다. 무선사가 번개를 보라고 어깨를 치려는 순간, 파비앵이 먼저 그쪽으로 고개를 돌렸다. 그는 몇 초 동안 새로운 적을 바라보더니 다시 원래 위치로 천천히 돌아갔다. 파비앵의 어깨는 여전히 부동자세를 유지했으며, 가죽 의자에 기댄 목덜미 역시 전혀 움직일 기미를 보이지 않았다.

제 8 장

별의 신호

리비에르는 자신을 엄습한 불안감을 떨쳐 내기 위해 산책이라도 할 요량으로 밖으로 나갔다. 그는 자신이 행동을 위해, 그것도 극적인 행동을 위해서 사는 것만 같았다. 그런데 그러한 극적인 행동은 이상하게도 나중에 온전히 개인적인 행동으로 변질되고 말았다.

그는 야외 음악당에 모여 있는 마을 사람들을 바라보았다. 겉으로는 그들의 삶이 매우 순탄해 보이는 것 같지만, 가끔씩은 비극적인 사건들이 끼어들게 마련이라는 생각이 들었다. 질병이나 사랑, 죽음이 그랬다.

그는 자신이 느끼는 아픔이 스스로에게 많은 것을 가르쳐 준다고 믿었다. '그것을 통해 세상으로 향한 여러 개의 문이 열리는 거지.'라고.

밤 11시경, 그는 한숨 돌리고 나자 다시 사무실로 발길을 돌렸다. 극장 입구에 줄을 선 사람들을 어깨로 헤치고 걸어갔다. 고개를 들어 밤하늘의 별을 바라보았다. 좁은 길을 따라 반짝이는 별들은 지상의 번쩍이는 광고판 때문에 원래의 빛을 잃어버렸다. 그러는 와중에도 리비에르는 생각에 잠겼다.

'오늘 밤 내가 책임지는 우편 항공기 두 대가 하늘을 날고 있다. 그러니 나는 하늘 전체에 대해 책임을 져야 한다. 저 별은 군중 속에 섞인 나를 발견했다는 신호 같은 것이다. 그래서 난 이들과 있어도 이방인처럼 고독하다.'

불현듯 음악 한 소절이 머리를 스치고 지나갔다. 전에 친구들과 함께 들은 적 있는 소나타 선율이었다. 그때 친구들은 이해할 수 없다는 듯 이렇게 말했다.

"이런 예술 음악은 지겨워. 자네도 속으로는 그렇게 생각할 거야. 물론 겉으로는 인정하지 않겠지만."

그는 대답했다.

"어쩌면 그럴지도……."

그때도 그는 오늘 밤처럼 고독하다고 느꼈다. 그러나 금세 그 고독이 얼마나 풍요로운 것인지 깨달았다. 음악이 주는 메시지 또한 평범한 사람들 사이에서 오로지 그에게만 비밀스러운 감미로움을 전해 주었다. 별의 신호도 마찬가지였다. 수많은 어깨 너머로 별은 오로지 그만 들을 수 있는 언어로 말을 건넸다.

지나가는 사람들과 몸을 부딪치면서 문득 그는 이런 생각을 했다.

'화내지 않겠다. 나는 군중들 사이를 종종걸음으로 걸어가는, 병든 아이를 둔 아버지와 같은 처지가 아닌가. 그는 집안의 커다란 침묵을 혼자서만 간직하지.'

그는 고개를 들어 사람들을 둘러보았다. 그들 가운데 자신만의 이야기나 사랑을 품고 종종걸음으로 걷는 이들이 있는지 찾아보았다. 그리고 등대지기의 외로운 삶을 떠올렸다.

그는 사무실의 침묵이 좋았다. 이 방에서 저 방으로 천천히 걸어가면 자신의 발소리 외에는 아무것도 들리지 않았다. 덮개를 씌운 타자기는 잠들어 있었고, 잘 정돈된 서류가 꽂혀 있는 책장은 굳게 잠겨 있었다.

십 년 동안의 경험과 업무의 흔적이 담긴 그곳을 둘러보며, 그는 마치 많은 돈이 보관된 은행의 비밀 금고에 들어와 있는 듯한 착각이 들었다. 장부 하나하나가 금화보다 더 가치로웠다. 거기에는 살아 있는 힘이 축적되어 있었다. 그것은 은행에 보관된 금화처럼 잠을 자고 있는 힘이었다.

리비에르는 곧 어딘가에서 야간 경비 직원과 마주칠 것이었다. 삶이 지속되기 위해, 비행에 대한 의지를 계속 이어 가기 위해, 그리고 툴루즈에서 부에노스아이레스까지 모든 기항지의 연결망이 제대로 유지되도록 하기 위해 누군가는 한밤중에 깨어 있어야 했다.

'저 사람은 자신의 위대함을 결코 알지 못하지.'

지금도 우편 항공기들은 어디선가 열심히 싸우고 있었다. 야간 비행은 질병과도 같아서 지속적으로 세심하게 보살펴야 했다. 우편 항공기에 탄 사람들은 손과 발을 놀리며 가슴과 가슴을 맞댄 채 어둠과 맞서 싸우고 있었다.

하늘에서 쉼 없이 움직이는 무언가가 있다는 것만 겨우 파악하고 있을 뿐 아무것도 자세히 알 수가 없었다. 바다에 빠진 것처럼 그저 맹목적으로 팔을 휘저어 빠져나와야 했다. '불을 비추어야만 가까스로 손을 볼 수 있었네……'와 같은 섬뜩한 고백도 마다하지 않았다.

마치 암실의 붉은 현상액 속에서 홀로 움직이는 보드라운 손 같았다. 이 세상에 남아 있는 것, 꼭 구해야 하는 것은 오직 그것뿐이었다.

리비에르는 영업부 사무실 문을 밀었다. 전등 하나가 사무실을 밝히며 구석에 환한 해변을 만들어 놓았다. 타자기에서 나는 소리만이 조용한 공간에 어떤 의미를 실어 주었다.

이따금 전화벨이 울리면 당직 직원이 자리에서 일어나, 집요

하고도 슬프게 울어 대는 소리를 향해 터벅터벅 걸어갔다. 당직 직원이 수화기를 집어 들자, 눈에 보이지 않던 불안감이 조용히 사그라졌다. 어두운 구석에서 부드러운 대화가 오고 갔다. 그런 다음, 직원은 무덤덤한 얼굴로 다시 자리로 돌아갔다. 고독과 졸음으로 경직된 표정에서 왠지 비밀스런 느낌이 들었다.

우편 항공기 두 대가 비행 중인 밤에 들리는 외부의 호출 소리는 얼마나 위협적인가? 리비에르는 한밤중에 등불 아래 모인 가족들을 긴장시키는 전보에 어떤 내용이 담겨 있을지 상상해 보았다. 영원처럼 길게 느껴지는 몇 초 사이에 전보 내용을 전해 들은 아버지의 속을 알 수 없는 표정에 드리워진 불행에 대해서도 잠깐 생각했다.

그것은 처음에는 힘없는 파동, 멀리서 들려오는 외침이나 잔잔한 부름에 지나지 않았다. 그러나 매번 반복되면서 그 신중한 호출에서 나약한 메아리가 들리기 시작했다.

그늘을 벗어나 불빛 쪽으로 걸어가는 당직 직원의 동작에서 여전히 묵직한 비밀스러움이 느껴졌다. 마치 깊은 물속으로 천천히 들어가는 잠수부의 몸놀림처럼 고독이 그의 행동을 굼뜨게 만드는 것 같았다.

"그냥 있게. 내가 받지."

이번에는 리비에르가 수화기를 들었다. 윙윙거리는 소리가 귀를 때렸다.

"리비에르입니다."

잡음이 약해지더니 곧이어 상대방의 목소리가 들렸다.

"무선국과 연결해 드리겠습니다."

또다시 잡음이 들렸다. 무선사가 교환대에 플러그를 꽂는 소리였다. 그러더니 아까와 다른 목소리가 들렸다.

"여기는 무선국. 전신 내용을 알려 드리겠습니다."

리비에르는 내용을 받아 적으며 고개를 끄덕였다.

"그래……, 그래……."

특별한 내용은 없었다. 의례적인 보고였다. 리오데자네이루에서 비행 정보를 요구했고, 몬테비데오에서는 날씨 소식을 전했다. 그리고 멘도사에서는 장비에 대한 언급이 있었는데, 모두 익숙한 업무들이었다.

"우편 항공기들의 상황은?"

"천둥 번개 때문에 교신이 안 됩니다."

"알았네."

리비에르는 이곳 밤하늘은 한없이 청명해 별들이 무수히 반짝이는데도, 무선사들은 저 멀리 있는 폭풍우의 거친 숨결까지도 예리하게 잡아챈다는 생각이 들었다.

"좀 있다가 다시 보세."

리비에르가 일어서자 한 직원이 그에게 다가왔다.

"결재 서류입니다. 서명해 주십시오, 소장님……."

"알겠네."

리비에르는 밤의 무게를 함께 견뎌 내고 있는 그 직원에게서 끈끈한 동지애를 느꼈다.

그는 속으로 생각했다.

'전우로군. 이 밤샘이 우리 둘의 관계를 얼마나 끈끈하게 만들어 주는지 자네는 아마 잘 모를 걸세.'

제 9 장

위대한 작업

리비에르는 서류 뭉치를 들고 자기 자리로 가다가 갑자기 오른쪽 옆구리에 심한 통증을 느꼈다. 벌써 몇 주째 그를 괴롭혀 온 통증이었다.

'문제가 있는 게 틀림없어.'

그는 잠시 벽에 몸을 기댔다.

'우습게 됐군.'

그는 안락의자로 걸어갔다. 자신이 줄에 묶인 늙은 사자처럼 느껴지면서 거대한 슬픔이 온몸을 휘감았다.

'고작 이렇게 되려고 그동안 그렇듯 열심히 일했단 말인가! 내 나이 벌써 오십이야. 한 번도 쉬지 않고 오로지 일에만 매달렸지. 그렇게 스스로를 채찍질하며 싸웠는데. 일의 판도를 새롭게 바꾼 사람도 바로 나였어. 그런데 지금 통증에 온통 신경이 쏠리고 있잖아. 계속 그 생각뿐이니 어쩌란 말이야! 이깟 통증이 세상에서 가장 중요한 문제처럼 여겨지다니, 정말이지 가소롭기 짝이 없군!'

리비에르는 잠깐 휴식을 취하면서 이마의 땀을 훔쳤다. 통증이 어느 정도 가시자 다시 일을 했다.

그는 천천히 서류를 훑어보았다.

부에노스아이레스 비행장에서 301호 엔진을 분해함…… 확인 결과, 책임자에게 엄중한 징계 조치가 요구됨.

그는 서명을 했다.

규칙을 준수하지 않은 플로리아노폴리스 비행장에 대해서는…….

그는 거기에도 서명을 했다.

회사는 비행장 주임 리샤르에게 징계로 전보를 결정함. 그 이유는…….'

그는 계속 서명했다.

얼마 지나지 않아, 거의 가라앉은 듯하던 옆구리의 통증이 또다시 자신의 존재를 확연하게 드러내며 의미를 부여했다. 리비에르는 자신을 돌아보지 않을 수가 없었다. 그에게 인생의 씁쓸함을 안겨 준 통증이었다.

'나는 공정한 사람인가, 아닌가? 잘 모르겠다. 내가 가혹하게 해야만 비행기의 고장이 줄어든다. 책임자는 절대로 인간적이어서는 안 된다. 모두에게 엄하게 대하지 않으면, 언젠가는 우리가 알 수 없는 모호한 힘에 의해 사고가 일어나게 마련이다. 내가 모두에게 공정하게 군다면 야간 비행은 매번 죽음의 위험에 빠지게 될 것이다.'

그러나 자신이 바로 이러한 길을 독하게 갈고 닦은 장본인이라는 생각이 들자 맥이 쭉 빠졌다. 어쩌면 동정심이 좋은 것일지도 모른다는 생각이 들었다. 그는 공상에 빠진 채 계속 서류를 뒤적였다.

로블레 씨가 오늘 부로 회사에서 권고사직됨.

문득 그 순박한 노인과 저녁에 나눈 대화가 떠올랐다.

"본보기라네. 글쎄, 본보기가 필요하다니까."

"하지만 소장님……, 한 번만 다시 생각해 주십시오! 제 일생을 바쳐 일했어요!"

"한 명이 본보기로 희생할 수밖에."

"하지만 소장님! 저 좀 보세요, 소장님!"

로블레는 낡은 지갑에서 빛바랜 신문지 조각을 꺼냈다. 신문에는 비행기 옆에 서 있는 그의 젊은 시절 모습이 담겨 있었다.

리비에르는 그 순수한 명예로움 앞에서 노인의 손이 덜덜 떨리는 것을 보았다.

"1910년에 찍은 거예요, 소장님. 아르헨티나 노선 초창기에 비행기를 조립한 사람이 바로 저였습니다. 1910년부터 계속 비행장에서 일했으니까요. 소장님, 이십 년이에요! 그런데 어떻게 제게 그런 말씀을 하실 수 있으세요? 소장님, 젊은 직원들이 이번 조치를 보고 정비소에서 얼마나 비웃겠어요! 아이고, 그 친구들이 얼마나 절 비웃겠느냐고요!"

"내 알 바 아니지."

"제 자식들은요, 소장님! 저에게는 자식들이 있어요!"

"말했잖소! 잡역부 일자리를 주겠다고."

"제 입장을 좀 생각해 주십시오, 소장님! 오로지 항공기 정비사로 이십 년 동안 일해 온 이 늙은이에게……."

"잡역부 일을 하면 되지."

"그건 싫습니다, 소장님. 거절하겠습니다."

노인의 손이 부들부들 떨렸다. 리비에르는 노인의 손을 보지 않으려고 짐짓 시선을 다른 곳으로 돌렸다. 그 쭈글쭈글하고 거친 피부에서 세월의 아름다움이 고스란히 느껴졌다.

"잡역부로 일하게."

"그건 싫습니다. 소장님, 제발 제 얘기 좀……."

"이제 그만 나가게."

리비에르는 생각에 잠겼다.

'내가 지금 야박하게 해고시킨 것은 저 노인이 아니다. 그가 책임을 다하지 못해 문제를 일으킨 비행기 고장에 대한 책임을 물은 것뿐이다. 사람이 명령을 내리면서 일어난 사고이기 때문에, 그 기계의 고장은 결국 사람이 만들어 낸 셈이다. 게다가 사람도 저 기계들처럼 불완전한 존재지. 사람이 만들어 낸 창조물에는 사물만 있는 것이 아니라 엄연히 사람도 포함된다. 어떤 문제가 한 사람의 잘못으로 발생했다면 당연히 그 사람을 처단할 수밖에 없다.'

"제발 제 얘기 좀……."

그 가엾은 노인은 아까 무슨 말을 하려던 것일까? 자신이 누렸던 과거의 기쁨을 송두리째 앗아 갈 참이냐고 따지려 했던 것일까? 아니면, 비행기의 강철에 부딪히는 공구 소리를 너무나도 사랑하는 그에게 위대한 시와 같은 그 고귀한 일을 못 하게 한다면, 대체 자신은 앞으로 어떻게 살아야 하는지 묻고 싶었을까?

리비에르는 속으로 중얼거렸다.

'난 너무 지쳤어.'

열기가 그의 온몸을 휘감았다. 그는 관련 서류를 만지작거리며 생각했다.

'그 노인, 인상이 참 좋았는데……'

눈앞에 노인의 손이 다시 떠올랐다. 노인이 두 손을 맞잡으려고 힘없이 움직이던 모습까지 생각났다. 어쩌면 "알았네. 그냥 남아 있게."라고 말을 했어도 되지 않았을까?

리비에르는 그 노인의 손 위에 기쁨의 눈물이 흐르는 광경을 상상했다. 그의 얼굴이 아니라 '손'이 대신 말해 주는 기쁨이야말로 세상에서 가장 아름다운 감정의 표현이라는 생각이 들었다.

'이 권고사직 서류를 찢어 버릴까?'

그리고 저녁때 노인이 집에 돌아가 가족에게 조금은 거만한 표정으로 우쭐대는 모습을 상상해 보았다.

"당신을 계속 고용할까?"

"그야 당연하지! 아르헨티나에서 최초로 비행기를 조립한 사람이 바로 나잖아!"

노인이 일을 계속할 수 있다면 젊은 직원들의 비웃음을 사지 않고 선배로서의 위엄과 명성을 회복할 수 있을 텐데…….

'그냥 찢어 버릴까?'

그때 전화벨이 울렸다. 리비에르는 수화기를 집어 들었다. 한참 동안 정적이 이어졌다. 이윽고 바람과 사람의 목소리가 깊은 울림과 뒤섞여 메아리치듯 들려왔다.

"여기는 비행장입니다. 누구십니까?"

"리비에르네."

"소장님, 650호가 이륙 준비 중입니다."

"좋아."

"이륙 준비가 진작에 끝났는데, 출발 직전에 전기 배선에 문제가 생겨 수리를 해야 했습니다. 연결 상태에 결함이 발견되었거든요."

"알았네. 누가 배선 관리를 하고 있나?"

"지금 조사 중입니다. 소장님께서 허락하신다면 징계 조치를 취하겠습니다. 만약 이 일로 기내의 전등에 말썽이 생겼다면 큰 사고로 이어졌을 테니까요."

"당연하지."

리비에르는 다시 생각했다.

'불행의 씨앗을 미리 뽑아 내지 않으면 전등 고장과 같은 치명적인 사고가 생길 수밖에 없어. 잘못의 근원지를 발견했는데도 그냥 넘어간다면 그것은 곧 범죄 행위나 다름없지. 로블레는 해고야.'

직원은 아무것도 눈치채지 못한 채 계속 타자기를 두드리고 있었다.

"뭔가?"

"이 주일치 회계 정산서입니다."

"왜 아직까지 준비가 안 됐지?"

"제가……."

"그 얘긴 나중에 듣겠네."

'사건이 예상 외로 잘 해결된다거나, 위대한 작업을 하는 과정에서 거대한 원시림마저도 들어 올릴 것 같은 알 수 없는 힘이 생기는 건 신기한 일이야.'

리비에르는 작은 칡덩굴이 얽히고설켜 신전을 무너뜨리는 모습을 상상했다.

'위대한 작업이라…….'

그는 스스로를 안심시키려고 이런 생각까지 했다.

'나는 여기 있는 모든 사람을 좋아해. 나는 지금 그들과 싸우는 것이 아니야. 그들이 만들어 낸 실수와 맞서는 거지.'

심장이 거세게 뛰자, 또다시 통증이 밀려왔다.

'내가 한 일이 정말로 잘한 건지는 모르겠어. 삶, 정의, 고통이 지닌 진정한 가치에 대해서도 잘 모르겠고. 나는 인간이 느끼는 기쁨이 얼마나 가치 있는 것인지도 정확히 몰라. 떨리는 손의 가치도 모르고 동정심이나 온화함의 가치도 모르지.'

그는 깊은 공상에 빠져들었다.

'인생은 모순의 연속이지. 우리 인간은 그저 숨이 붙어 있는 동안 적절하게 대처해 나가면 되는 거야. 언젠가는 썩어 없어질

몸뚱이를 계속 유지시키겠다는 둥, 그것으로 뭔가를 창조해 다른 것과 바꾸겠다는 생각은, 글쎄……'

리비에르는 잠시 생각에 잠기더니 벨을 눌렀다.

"유럽행 우편 항공기 조종사에게 연락해서, 출발 전에 나한테 왔다 가라고 전해 주게."

그는 또 생각했다.

'우편 항공기가 도중에 되돌아와서는 안 돼. 내가 사람들을 정신 차리게 하지 않으면 저 어두운 밤이 그들에게 항상 걱정을 끼칠 거야.'

제 10 장
정복의 첫발

전화벨 소리에 잠이 깬 조종사의 아내는 남편을 바라보며 생각했다.

'조금 더 자게 내버려 두자.'

그녀는 남편의 듬직한 맨가슴을 보며 멋진 배를 상상했다.

항구에 정박한 배처럼 그는 침대에 고요히 누워 있었다. 남편의 수면을 방해하지 않기 위해 아내는 손가락으로 모든 주름과 그림자, 출렁임을 없앴다. 바다의 물결을 잔잔하게 만들 듯, 그녀는 신성함이 느껴지는 손길로 차분하게 침대의 주름을 폈다.

조종사의 아내는 자리에서 일어나 창문을 열고 바깥 바람을 얼굴 가득 맞았다. 부부의 침실 창문 너머로 부에노스아이레스

시내가 내려다보였다. 옆집에서 사람들이 춤을 추는지 음악 소리가 바람을 타고 귓가에 전해졌다. 즐거움과 휴식의 시간이 주어졌으니 그럴 만도 했다.

이 도시는 수많은 요새 안에 사람들을 밀어 넣은 것 같았다. 모두 침묵을 지켰고 결의에 차 있었다. 누군가가 당장이라도 "무기를 들어라!" 하고 그녀에게 소리를 칠 것 같은 분위기였다.

그러면 오직 한 남자, 그녀의 남편이 자리에서 벌떡 일어나 뛰쳐나갈 것만 같았다. 그는 여전히 편안히 누워 쉬고 있었다. 그러나 그에게 이와 같은 휴식이 얼마나 이어질지는 늘 의심스러웠다.

이 잠든 도시가 그를 안전하게 보호해 주지는 못했다. 그가 도시의 불빛에 일렁거리는 먼지 속에서 젊은 신처럼 우뚝 서 있다 해도, 불빛이 항해하는 그를 영원히 지켜 주지는 못할 것이다.

아내는 남편의 단단한 팔을 물끄러미 바라보았다. 이제 한 시간 후면 남편은 유럽행 우편 항공기의 운명을 짊어지게 될 것이었다. 도시의 운명을 결정짓기라도 하듯 남편의 팔은 매우 중대한 책임을 져야 했다.

그녀는 불안했다. 수많은 사람들 가운데 남편이 이 이상한 희생을 홀로 준비해야 하는 것이 몹시 슬펐다. 그는 곧 그녀의 부드러운 품을 빠져나갈 것이었다. 그녀가 남편에게 정성껏 음식을 차려 주고 그를 세심하게 보살펴 주며 애정의 손길로 어루만지는 것은 자기 자신을 위해서가 아니었다. 그를 정복하려고 하는 이 밤 때문이었다.

투쟁과 불안, 승리에 대해 그녀는 잘 몰랐다. 자신의 몸에 밴 부드러운 손길이 실제로는 어떤 효과를 발휘하는지도 알 수 없었다. 다만 그녀는 남편의 미소와 연인으로서 배려하는 모습을 알고 있을 뿐이었다. 그러나 남편이 폭풍우 속에서 터뜨리는 성스러운 분노는 알 길이 없었다.

그녀는 음악과 사랑, 꽃으로 남편을 부드럽게 옭아매려 했지만, 비행기가 이륙할 시각이 되면 남편은 아내가 만들어 놓은 끈들을 무참하게 끊어 버렸다. 그리고 그것에 대해 전혀 괴로워하지도 않았다.

이윽고 남편이 눈을 떴다.

"몇 시야?"

"자정이요."

"날씨는 어때?"

"잘 모르겠어요."

남편은 자리에서 일어나 기지개를 켜며 천천히 창문 쪽으로 걸어갔다.

"아주 춥지는 않겠어. 바람의 방향이 어떻게 되지?"

"내가 그걸 어떻게 알아요……?"

그가 창밖으로 머리를 내밀었다.

"남풍이야. 아주 좋아. 적어도 브라질까지는 문제없겠어."

그는 달을 바라보며 만족스런 표정을 지었다. 그의 시선이 시내 쪽으로 내려갔다.

그는 이 도시를 편안하다거나, 빛이 난다거나, 열정적이라고 생각하지 않았다. 그의 눈에는 저 불빛이 쓸모없는 모래알처럼 흩어져 보였기 때문이다.

"무슨 생각 해요?"

그는 포르투알레그레 쪽에 안개가 낄 수도 있겠다는 생각을 했다.

'하지만 나만의 전략이 있지. 어느 쪽으로 돌아갈지 다 생각해 두었거든.'

그는 몸을 앞으로 기울인 채 심호흡을 했다. 당장이라도 발가벗고 바다에 뛰어들려는 사람처럼 보였다.

"당신은 슬픈 기색이 전혀 없군요. 이번에는 며칠 동안 나가 있는 거예요?"

일주일이 될지, 열흘이 될지 그도 알 수 없었다. 슬프다니, 무엇 때문에? 평야와 도시, 산 들을 하나씩 정복하며 진정한 자유로움을 느끼기 위해 떠나는 것이었다. 그는 한 시간 안에 부에노스아이레스를 정복했다가 다시 놓아주게 될 것이다.

그는 빙그레 미소를 지었다.

'이 도시에서…… 순식간에 멀어지게 될 거야. 밤에 떠나는 것은 정말로 멋진 일이지. 남쪽을 향해 핸들을 잡아당기면 되니까. 그리고 십 초가 지나면 풍경이 뒤바뀌어 북쪽을 향하게 되겠지? 그러면 이 도시는 바다 밑바닥에 지나지 않게 될 거야.'

아내는 남편이 정복을 위해 포기해야 하는 것들을 하나하나 떠올려 보았다.

"당신은 집에 있는 게 싫은가요?"

"난 내 집을 사랑해."

그러나 아내는 남편이 이미 길을 떠나고 있다는 것을 알아차렸다. 그의 넓은 어깨가 벌써 하늘을 떠받치고 있었다.

그녀는 남편에게 하늘을 가리켰다.

"날씨가 참 좋네요. 당신이 가는 길이 별들로 뒤덮였어요."

남편이 웃었다.

"그래."

그녀는 그의 어깨에 손을 얹었다. 따뜻한 살결이 느껴지자 기분이 좋았다. 이 몸이 어찌 위험에 빠질 수 있단 말인가?

"당신은 강한 사람이에요. 그래도 조심하세요!"

"조심이라……. 당연히 그래야지."

그가 또 웃었다.

남편이 옷을 입기 시작했다. 축제에 참여하기 위해 그는 가장 거친 천과 무거운 가죽으로 된 옷을 골랐다. 농부를 연상시키는 차림새였다. 그의 옷차림이 두툼해질수록 아내는 감탄을 자아냈다. 아내는 직접 허리띠를 매 주고 장화를 신겨 주었다.

"이 장화는 좀 불편하군."

"그럼, 다른 걸 신든지요."

"보조 램프를 달게 끈 하나만 가져다줘."

아내는 남편을 찬찬히 들여다보며, 그가 입은 갑옷을 마지막으로 하나하나 점검했다. 이제 손댈 것 없이 모든 게 완벽했다.

"당신, 정말 멋져요."

아내는 남편이 머리 모양에도 신경을 썼다는 걸 알아차렸다.

"별들에게 잘 보이려고 그래요?"

"아니, 내가 늙었다는 느낌이 들지 않게 하려고."

"괜히 질투가 나네요."

그는 웃으며 아내에게 키스를 했다. 두툼한 옷 위로 아내를 힘껏 껴안았다. 그는 어린 소녀를 들어 올리듯 두 팔로 아내를 가뿐하게 들어 침대에 눕혔다.

"잘 자!"

그는 문을 닫고 밖으로 나와 낯선 사람들 속으로 걸어 들어갔다. 그렇게 정복의 첫발을 내디뎠다.

아내는 침대에 누운 채 주변의 꽃과 책, 따뜻한 온기가 느껴지는 것들을 슬픈 눈으로 바라보았다. 하지만 남편에게는 그저 바다 밑바닥에 지나지 않는 것들이었다.

제 11 장
삶과 죽음

리비에르가 그를 맞이했다.

"지난번 비행 때 실수를 했더군. 분명 날씨가 좋았는데 중간에 되돌아왔단 말이야. 그대로 갈 수도 있었는데……. 혹시 무서웠나?"

조종사는 깜짝 놀라 아무 말도 하지 못했다. 그저 두 손을 천천히 비비더니 고개를 들어 리비에르를 똑바로 쳐다보았다.

"네."

리비에르는 비행 중 두려움을 느꼈던, 하지만 그지없이 용감했던 이 젊은이에게 깊은 동정을 느꼈다. 조종사는 어떻게든 변명을 하려고 애썼다.

"아무것도 보이지 않았어요. 먼 곳은 말할 것도 없었고요. 무선사는 기상이 좋았다고 보고했는지 모르지만, 정작 조종석은 램프마저 희미해서 제 손도 잘 안 보이는 상황이었거든요. 저는 위치등을 켜서 비행기 날개를 보려고 했지만 그것마저 여의치 않았어요. 아무리 해도 올라갈 수 없는 깊은 구렁텅이에 빠져 있는 느낌이었죠. 그 와중에 엔진까지 진동하기 시작했습니다."

"아니야."

"아니라고요?"

"아니야, 나중에 검사해 봤는데 엔진은 문제가 없었어. 아주 멀쩡했네. 겁을 먹으면 엔진이 진동하는 것처럼 느껴지는 법이지."

"그 상황에서 누군들 겁을 안 먹겠어요! 산맥이 저를 내려다보고 있었어요. 높은 고도로 올라가려고 하는데 회오리바람이 심하게 몰아쳤지요. 앞이 보이지 않는 게 어떤 건지 잘 아시잖아요? 거기에 회오리바람까지……. 위로 올라가기는커녕 100미터나 아래로 떨어졌어요. 자이로스코프도, 기압계도 보이지 않았습니다. 엔진의 회전수가 떨어지더니 급기야 뜨거워지기 시작했고, 기름 파이프의 압력도 급격히 떨어졌어요. 이 모든 일이 깜깜한 어둠 속에서 일어났다고요. 역병처럼 순식간에 비행기를 휘감은 거죠. 나중에 도시의 불빛을 다시 보았을 때는 정말로 다행이다 싶었어요."

"상상이 지나치군. 이제 그만 나가 보게."

조종사가 자리를 떠났다.

리비에르는 안락의자에 몸을 깊숙이 파묻고는 손으로 회색 머리카락을 만지작거렸다.

'직원들 중에 가장 용감한 친구야. 그날 밤에 무사히 돌아올 수 있었다니……, 정말로 훌륭해. 내가 그를 공포심에서 구해 낸 거야.'

그는 약해지려는 마음을 다잡았다.

'서로 사랑하기 위해서는 동정심만 있어도 충분해. 그런데 난 누구든 전혀 동정하지 않아. 설령 그런 마음이 있다 해도 겉으론 내색을 하지 않지. 이젠 나도 인간적인 친근함과 즐거움을 느끼고 싶어. 의사는 자신의 직업을 통해 그런 것들을 쉽게 얻지. 하지만 내가 하는 일의 최우선은 사고를 방지하는 거야. 직원들이 사고를 당하지 않도록 그들을 훈련시켜야 해.

저녁마다 책상 앞에 항공 지도를 펴 놓고 앉아 있으면 정체를 알 수 없는 법칙 같은 것이 존재한다는 생각이 들어. 그냥 될 대로 돼라는 식으로 내버려 두면, 그 순간에는 일이 순조롭게 진행되는 듯해도 나중에 꼭 사고가 일어나게 마련이거든. 내 의지만이 비행 중인 우편 항공기의 고장을 막을 수 있어. 폭풍우로 우편 항공기가 연착을 하는 것 또한 오로지 내 의지로 막을 수

있지. 그래서 내 능력에 스스로 놀라곤 한다니까.'

그는 또다시 생각에 잠겼다.

'확실해. 정원사가 꾸준히 잔디밭을 관리하면 원시림 상태로 되돌아가는 것을 얼마든지 막을 수 있지.'

그는 조금 전의 그 조종사를 생각했다.

'내가 그를 공포심에서 구해 준 거야. 난 그를 질책한 게 아니야. 그를 통해 미지의 세계 앞에 선 인간을 무기력하게 만드는 방해물을 없애고자 했을 뿐. 내가 만약 그의 말을 잘 들어 주면서 동정하고 그의 위험천만한 모험을 심각하게 받아들인다면, 그는 자신이 신비의 세계에서 멋지게 돌아온 것이라고 믿게 될 거야.

사람들이 두려움을 갖는 것이 바로 이런 신비의 세계이지. 그래서 사람들을 어두운 우물 속으로 내려 보낼 필요가 있는 거야. 그리고 다시 올라온 뒤에는 그곳에서 아무것도 보지 못했다고 말하게 만들어야 해. 나는 이 조종사를 가장 은밀한 밤의 심장부로 내려가게 해야 하는 거지. 비행기 날개를 간신히 비출 정도인, 광부의 작은 손전등도 없이 당당하게 어깨를 벌리고 미지의 세계를 벗어나게 해야 해.'

그러나 이러한 투쟁 속에는 리비에르와 조종사들 사이에 암묵적으로 맺어진 유대감이 있었다. 그들은 한배를 탔으며, 승리라는 욕망을 함께 가지고 있었다. 리비에르는 밤을 정복하기 위해 자신이 참가했던 또 다른 종류의 싸움들을 떠올렸다.

정부 관료들은 이 어둠의 영역을 마치 개발되지 않은 가시덤불 숲쯤으로 여겼다. 폭풍우와 안개, 그리고 밤이 숨겨 둔 온갖 장애물들 속에서 시속 200킬로미터로 비행하는 것을, 맑은 밤하늘에 이륙해 폭격을 한 뒤 다시 기지로 돌아오는 군용 비행기나 할 수 있는 모험이라고 생각했다. 그래서 야간 우편 비행은 실패할 수밖에 없다고 주장했다.

리비에르는 이렇게 반박했다.

"우리에게는 삶과 죽음이 걸린 문제입니다. 낮에 기차와 배를 통해서 좋은 성과를 냈던 일을 밤에 이어 나가지 못해서 크나큰 손실을 가져올 수 있기 때문입니다."

리비에르는 결산 보고서와 보험, 특히 여론에 대한 얘기를 지루하게 듣고 있다가 다시 반격에 나섰다.

"여론에는 우리가 알아서 적절하게 응수할 겁니다!"

그는 또 생각에 잠겼다.

'그동안 얼마나 많은 시간을 낭비했던가! 다른 것보다 우세한 무언가가 분명히 존재한다. 살아 있는 것은 살아가기 위해 모든 것을 무너뜨리고 자신만의 새로운 법칙을 만든다. 그건 어찌할 수 없는 일이다.'

리비에르는 다른 항공 회사들이 언제 어떻게 야간 비행에까지 손을 댈지 알 수 없었다. 이 위기를 헤쳐 나가기 위해서는 피할 수 없는 해결책이 마련돼야만 했다.

문득 초록색 탁자보가 깔린 탁자가 떠올랐다. 그는 그 앞에 주먹으로 턱을 괸 채로 앉아 이상야릇한 기운을 느끼며 수많은 반대 의견을 들었다.

그러나 그 반대 의견들은 현실적으로 아무 소용이 없었다. 세상의 빛을 보기도 전에 비난을 받아 마땅한 의견들이었다. 그때 그는 자신의 내부에서 응축된 힘이 솟아나는 것을 느꼈다.

리비에르는 또다시 생각했다.

'내 생각들은 근거가 있다. 언젠가는 꼭 내 말이 옳다는 것을 증명해 보이리라. 결국은 자연의 이치를 따르게 될 테니.'

사람들이 그에게 모든 위험 요소를 배제시킬 수 있는 완벽한 해결책을 요구할 때마다 그는 매번 이렇게 대답했다.

"경험이 법칙을 끌어내는 것입니다. 법칙에 대한 지식이 결코 경험을 앞설 수는 없지요."

수년의 시간을 버티며 투쟁한 끝에야 리비에르는 비로소 승리할 수 있었다. 어떤 이는 그의 '신념' 덕분이라고 했고, 다른 이들은 '곰처럼 우직하게 밀고 나가는 뚝심과 강한 힘' 때문이라고 했다. 그러나 정작 자신은 그저 올바른 방향으로 밀고 나갔기 때문이라고 주장했다.

물론 초반에는 얼마나 조심을 했던가! 비행기는 해가 뜨기 한 시간 전에 반드시 출발하게 했으며, 해지기 한 시간 전에는 무조건 착륙하게 했다.

그러다가 경험에 대한 확신이 서고 나서야 우편 항공기를 밤의 짙은 어둠 속으로 밀어 넣는 일을 단행했다. 여전히 반대의 목소리가 들려왔지만, 그는 꿋꿋하게 고독한 투쟁을 이어 갔다.

리비에르는 밤하늘을 날고 있는 비행기들이 마지막으로 보내 온 보고를 듣기 위해 벨을 눌렀다.

제 12 장

암흑의 콘크리트

그 순간, 파타고니아 노선 우편 항공기는 폭풍우에 점점 더 다가가고 있었다. 파비앵은 폭풍우를 피하기 위해 우회하려는 생각을 접었다.

어차피 번갯불이 그 지역 안쪽까지 폭넓게 걸쳐 있었다. 구름떼가 요새를 이루며 펼쳐져 있는 모습을 보니, 피해 가기에는 폭풍우의 범위가 너무 넓다는 생각이 들었다. 그는 일단 폭풍우 밑으로 지나가는 시도를 해 보고 상황이 좋지 않으면 되돌아갈 작정이었다.

그는 비행기의 고도를 확인했다. 1,700미터였다. 고도를 낮추기 위해 핸들을 쥔 손바닥에 힘을 꽉 주었다. 엔진이 요란한 소리와 함께 진동을 하더니 이내 비행기 동체가 흔들렸다.

파비앵은 하강 각도를 조절하고 나서, 지도를 보고 주변의 산 높이가 500미터라는 것을 확인했다. 그는 여유 공간을 확보하기 위해 약 700미터 고도를 유지하며 비행했다. 마치 사람들이 자신의 전 재산을 걸고 내기를 할 때처럼 그는 고도를 유지하기 위해 모든 것을 걸었다.

회오리바람이 덮치면서 비행기가 더욱 요동쳤다. 파비앵은 눈에 보이지 않는 붕괴의 위협을 받는 듯한 느낌이 들었다. 방향을 바꿔서 되돌아가면 수많은 별들이 나타날지도 모른다는 상상을 잠깐 했지만, 그는 단 1도도 각도를 바꾸지 않았다.

파비앵은 가능성을 가늠해 보았다. 폭풍우는 지금 특정 지역에만 자리 잡고 있었다. 다음 기항지인 트렐레우에서는 하늘의 4분의 3 정도가 구름에 덮여 있을 뿐이라고 통보해 왔기 때문이다.

이십 분만 잘 참고 견디면 이 암흑의 콘크리트 속에서 벗어날 수 있을 듯했다. 하지만 겁이 더럭 났다. 바람의 무게에 저항하듯 몸을 왼쪽으로 기울이자, 어둠이 켜켜이 쌓인 밤하늘에서 어렴풋하게 빛이 보였다.

그러나 그 빛은 이내 사라졌다. 짙은 어둠 속에서 밀도의 변화로 일어난 일시적인 현상일 수도 있었고, 아니면 눈이 하도 피로해서 헛것을 보았을 수도 있었다.

그는 무선사가 건넨 종이를 펼쳤다.

여기가 어디입니까?

　파비앵도 그걸 알기 위해 무던히도 애를 쓰는 중이었다.

　　모르겠음. 나침반만 보면서 폭풍우를 통과하고 있는 중.

　그는 몸을 앞으로 기울였다. 모터에서 꽃다발 모양의 불꽃이 새어 나와 그의 시야를 가렸다. 불꽃은 달빛에 묻힐 만큼 희미했지만, 지금과 같은 암흑 상태에선 눈에 보이는 모든 것을 빨아들이고도 남았다. 조종사는 그 불꽃을 응시했다. 횃불처럼 바람이 부는 대로 이리저리 흔들리고 있었다.

　파비앵은 삼십 초마다 조종석 앞으로 머리를 기울여 자이로스코프와 나침반을 들여다보았다. 그는 약하게 붉은빛을 뿜고 있는 램프조차 켤 수가 없었다. 자꾸만 눈이 부셨기 때문이다.

　그 대신 라듐으로 숫자를 표시한 계기판에서 나오는 빛이 창백한 별빛처럼 흐릿하게 빛을 내고 있었다. 조종사는 계기판의 바늘과 숫자들에서 눈을 떼지 못한 채 헛된 안정감을 느꼈다. 그 안정감은 물속으로 가라앉고 있는 배의 선실 속 사람들이 느끼는 것처럼 위태로웠다.

　밤과 밤이 끌고 온 바위와 잔해, 그리고 산이 거대한 바다를 이루어 비행기를 침식시킬 것만 같았다. 어쩌면 머지않아 이 비행기도 배처럼 끔찍한 운명에 처할지도 몰랐다.

여기가 어디입니까?

무선사가 같은 질문을 또 했다.

파비앵은 다시 목을 길게 빼고 몸을 왼쪽으로 기울이며 이 한 없이 끔찍한 장면을 주시했다. 얼마나 더 많은 시간이 흘러야, 얼마나 더 많이 노력해야 이 어둠의 족쇄를 끊고 자유를 얻게 될지 감이 오지 않았다. 언제까지고 여기에 옭매여 있게 되는 것은 아닌지 의구심마저 들었다.

그는 스스로에게 한 가닥 희망을 불어넣기 위해서라도 꼬깃 꼬깃 접힌 종이에 적힌 내용을 읽고 또 읽었다.

손때가 묻은 그 구겨진 종이에는 '트렐레우 상공 4분의 3 정 도가 구름에 덮여 있고 약한 서풍이 불고 있음.'이라고 적혀 있 었다. 하늘의 4분의 3만 흐리다면 나머지 맑게 갠 하늘은 환하 게 빛나고 있을 것이다. 적어도……, 그래야만 했다.

저 멀리 어슴푸레한 빛이 보이자, 그는 그곳을 향해 계속 날아 갔다. 그러나 그의 의심은 계속되었다.

무선사에게 휘갈겨 써서 건넨 쪽지에는 이렇게 적혀 있었다.

이곳을 무사히 통과할 수 있을지 알 수 없음. 후방 날씨가 계속 좋은지 확인 바람.

무선사의 대답에 그는 망연자실했다.

코모도로의 통보. 회귀 불가능. 돌풍.

그는 안데스 산맥에서 바다 쪽으로 방향을 바꾸고 있는 폭풍우의 공격이 예사롭지 않다는 것을 직감했다. 그가 도착하기도 전에 폭풍우가 먼저 그 도시를 휩쓸어 버릴지도 몰랐다.

"산 안토니오에 기상 상황 확인 요청하세요."
"산 안토니오의 답신. 서풍이 불고 서쪽에 돌풍. 하늘은 4분의 4, 즉 전체가 구름으로 덮임. 잡음이 하도 심해서 산 안토니오 무선국은 수신 상태가 아주 안 좋다고 합니다. 저도 잘 안 들립니다. 방전 때문인 듯하니 안테나를 뽑아 올려야 할 것 같습니다. 그냥 돌아갈까요? 어떡하시겠습니까?"
"귀찮게 굴지 말고, 바이아블랑카의 일기나 확인해 주시오."
"바이아블랑카의 답신. 서쪽 방향에서 격렬한 폭풍우가 몰려와 이십 분 안에 바이아블랑카를 덮칠 것으로 예상됨."
"트렐레우의 기상 상황을 알아봐 주시오."
"트렐레우의 답신. 서쪽에서 폭우를 동반한 초속 30미터의 거대한 폭풍우가 진행 중임.”

“부에노스아이레스에 전하시오. ‘동서남북 모두 막힌 상태. 1,000킬로미터에 걸친 폭풍우로 시야 확보 불가능. 어떻게 해야 좋을지 응답 바람.’”

조종사는 쉼터라고는 전혀 없는 이 어두운 밤의 세계가 그를 항구로 데려가지 않을 거라는 걸 깨달았다. 또 새벽까지 버티게 해 줄지도 자신이 없었다. (모든 항구가 지금으로서는 도달할 수 없는 곳이 되어 버렸다.) 남은 연료로는 앞으로 한 시간 사십 분 정도 버틸 수 있었다.

어둠의 깊은 심연 속으로 빠져드는 것은 시간 문제였다.

‘날이 밝을 때까지만 버텨 다오.’

파비앵은 새벽을 기다렸다. 이 힘겨운 밤을 보내고 난 다음에 다가올 새벽은 황금빛 모래가 깔린 해변처럼 보일 것이다. 위기에 빠진 비행기 밑으로 평야가 보이고 가장자리에 해변이 나타날 것이다. 그 고요한 지상에는 곤히 잠든 가축 떼와 농장, 그리고 산들이 자리하고 있을 것이다. 어둠 속에 표류하던 잔해들도 어느새 주변 사물과 동화되어 흔적 없이 사라질 것이다.

가능하기만 하다면, 날이 밝아 오는 곳을 향해 헤엄이라도 치고 싶은 심정이었다! 그는 자신이 완전히 포위되어 있다는 생각이 들었다. 좋은 쪽이든 나쁜 쪽이든, 이 깊은 어둠 속에서 결정이 나게 될 터이다.

사실이 그랬다. 그는 때때로 해가 떠오르는 모습을 보면서 세상이 고통의 시간을 견디고 다시 회복기에 들어섰구나, 하고 안도를 하곤 했다.

하지만 해가 뜨는 동쪽을 계속 쳐다본들 무슨 소용이 있으랴! 해가 다시 뜰 때까지, 깊디깊은 어둠이 떡하니 버티고 있는데.

제 13 장
야간 비행

"아순시온 노선 비행기는 운항이 순조로워 2시경에 도착할 예정이네. 하지만 지금 난항을 겪고 있는 파타고니아 노선 비행기는 다소 지연될 것 같군."

"알겠습니다, 리비에르 소장님."

"파타고니아 노선 비행기가 도착하기 전에 유럽행 비행기를 이륙시킬 수도 있어. 아순시온 노선 비행기가 착륙하면 내게 바로 알리고 지시를 받도록 하게. 정신 바짝 차리고 준비하도록."

리비에르는 북쪽의 기항지에서 보내온 전신들을 또다시 읽었다. 전신 내용대로 '쾌청한 하늘, 보름달, 바람 없음.'이 유지된다면 달빛이 유럽행 우편 항공기에게 길을 밝혀 줄 것이다.

브라질의 산들은 하늘의 별빛을 받아 더욱 뾰족하게 솟아 보였고, 바다의 거무스름한 수풀은 까만 머리카락을 은빛 물결 속에 담그고 있는 것처럼 보였다. 바다 위에 뜬 섬처럼 보이는 거무스름한 수풀은 달빛 아래서도 무언가의 잔해처럼 거무칙칙했다.

비행기가 지나가는 모든 길에는 지칠 줄 모르는 빛의 샘물처럼 달빛이 쏟아졌다. 만약 리비에르가 출발 명령을 내리고 유럽행 우편 항공기가 이륙한다면, 승무원들은 밤새 은은하게 비추는 달빛을 받으며 안정된 항공로에 진입할 수 있을 것이다.

어둠과 빛의 균형을 깨지 않는 곳, 깨끗한 바람의 보드라운 감촉조차 스며들지 않는 곳, 갑자기 몇 시간 만에 하늘 전체를 어수선하게 망쳐 놓는 서늘한 바람조차 허락하지 않는 세계가 그들 앞에 펼쳐지리라.

그러나 리비에르는 이 밝은 소식에도 약간 망설였다. 마치 채굴이 금지된 금광 앞에 선 광산업자 같은 심정이었다. 야간 비행을 유일하게 지지하는 리비에르에게, 남쪽 지방에서 일어난 사건들은 그에게 책임을 물을 수 있는 결정적인 증거가 되고 말았다.

야간 비행 반대론자들은 파타고니아에서 일어났던 참사로 기세가 등등해졌다. 어쩌면 곧 리비에르의 신념이 제 힘을 잃고 무너지게 될 수도 있었다.

그 전까지만 해도 리비에르의 신념은 한 치도 꺾이는 법이 없었다. 물론 작업상의 허점 때문에 비극적인 사고가 일어났지만, 그 사고는 실수 가운데 하나를 드러냈을 뿐 전반적인 사업의 문제점을 증명한 것은 아니었다.

그는 속으로 이렇게 생각했다.

'아무래도 서쪽 부근에 기상 관측소를 세워야겠어. 면밀하게 검토해 봐야지.'

이어서 이런 생각도 했다.

'내가 야간 비행을 고집하는 이유는 여전히 변함없어. 오히려 사고가 나면서 문제의 원인을 밝혀냈으니, 앞으로 사고를 일으킬 수 있는 원인 하나를 말끔히 제거한 셈이지.'

게임에서 실패는 강자를 더 강하게 만드는 법이다. 하지만 안타깝게도 그 밑에서 일하는 직원들은 게임의 희생자가 되기 때문에 실패가 그들에게 진정한 가치를 발현하기는 어려웠다. 게임에서 이기고 지는 결과만이 드러나게 되면서 비참한 점수가 매겨졌다. 그 후에 직원들은 실패라는 겉모습에 억눌릴 수밖에 없었다.

리비에르는 벨을 눌렀다.

"바이아블랑카에서는 아직 무전 소식이 없나?"

"없습니다."

"그쪽과 전화 연결을 해 주게."

오 분 뒤, 그는 상대에게 전화로 소식을 물었다.

"왜 우리에게 아무 정보도 안 주는 겁니까?"

"우편 항공기에서 아무 응답이 없으니까요."

"아무 응답이 없다고요?"

"잘 모르겠어요. 폭풍우가 심해서요. 비행기에서 무전을 보내도 우리가 받지 못하는 것일 수도 있고요."

"트렐레우는 잘 들립니까?"

"그쪽 소식도 들리지 않습니다."

"전화해 보세요."

"연결이 안 되고 있습니다."

"그곳 기상 상황은 어떻습니까?"

"위협적입니다. 서쪽과 남쪽에서 번개가 치고 있습니다. 아주 심각합니다."

"바람은요?"

"아직은 약하지만 그것도 십 분 정도일 것 같습니다. 지금 번개가 빠른 속도로 가까워지고 있습니다."

침묵이 이어졌다.

"바이아블랑카? 듣고 있나요? 좋아요. 우리 쪽으로 십 분 뒤에 다시 연락해 주기 바랍니다."

리비에르는 남쪽 기항지에서 온 전신을 뒤적거렸다. 그러나 모두 우편 항공기의 침묵을 알리는 내용들뿐이었다. 어떤 비행장은 부에노스아이레스에 응답조차 없었다.

지도 위의 표식에는 침묵을 지키는 지역들이 점점 더 늘어났다. 지방의 소도시들은 벌써 태풍의 습격을 받아 모두 문을 닫는 바람에, 불빛 없는 거리의 집들은 저마다 망망대해에 외롭게 떠 있는 배의 신세나 다름없었다. 세상의 모든 인연과 단절당한 채 밤의 한가운데에서 홀로 방황하고 있었다. 오직 새벽만이 그들을 구해 낼 터였다.

그런데도 리비에르는 지도를 자세히 들여다보며 맑은 하늘이 펼쳐진 대피소를 찾겠다는 한 가닥 희망을 버리지 않고 있었다. 서른 곳이 넘는 지방 경찰서에 기상 상태를 묻는 전보를 쳐 두었다. 이윽고 회신이 하나둘 도착했다.

2,000킬로미터에 걸쳐 곳곳에 배치된 무선국들은 비행기의 무전 통보를 받으면 삼십 초 안에 부에노스아이레스 무선국에 알리라는 지시를 받았다. 그러면 부에노스아이레스 무선국이 파비앵에게 이 소식을 전함으로써 대피소의 위치를 알려 주도록 조치를 취할 셈이었다.

새벽 1시에 소집된 직원들이 사무실에 모여 있었다. 그들은 어쩌면 앞으로 야간 비행이 중지돼 유럽행 우편 항공기들이 낮에만 이륙하게 될지도 모른다는 생각을 했다. 또 작은 목소리로 파비앵과 태풍에 대한 소문, 특히 리비에르에 대해 많은 이야기가 오고 갔다. 그들은 리비에르가 자연의 반발에 부딪혀 서서히 무너지리라고 내다보았다.

갑자기 직원들의 수군거림이 일제히 멈추었다. 문 앞에 리비에르가 서 있었기 때문이다. 리비에르는 꽉 끼는 외투를 입고 모자를 눈두덩 바로 위까지 눌러쓰고 있었다. 영락없는 여행자의 모습이었다. 그는 말없이 과장 자리로 다가갔다.

"지금이 1시 10분인데, 유럽행 우편 항공기 관련 서류는 다 처리했나?"

"제 생각에는……."

"자네 생각 따윈 필요 없어. 명령에 따르기만 하면 돼."

그는 뒷짐을 진 채 창문 쪽으로 천천히 걸어갔다.

그때 직원 한 사람이 그에게 다가갔다.

"소장님, 이 상태로는 더 이상 회신을 받기가 힘듭니다. 내륙 지방에서 온 통보에 따르면, 벌써 여러 곳의 전신 상태에 문제가 생겼다고 합니다."

"알았네."

리비에르는 꼼짝도 하지 않고 밤하늘을 바라보았다.

전신 내용마다 우편 항공기에게는 위협적인 내용들이 담겨 있었다. 무선이 끊기기 전까지, 각 도시는 적군의 침입을 알리듯 태풍의 전진을 알렸다.

안데스 산맥에서 불어온 태풍이 진로에 있는 모든 것을 휩쓸며 바다 쪽으로 옮겨 가고 있음.

리비에르는 그날따라 별들이 유독 반짝이는 것 같았다. 공기 또한 매우 습하다는 생각이 들었다. 참 이상한 밤이 아닐 수 없었다. 그것은 마치 농익은 과일의 살점처럼 군데군데 부패의 흔적을 드러냈다.

별들은 여전히 부에노스아이레스의 하늘을 완전히 장악하고 있었다. 하지만 그것은 잠시 동안 모습을 드러낸 오아시스에 지나지 않았다. 게다가 그 오아시스는 비행기 승무원들이 도달할 수 없는 곳에 있는 항구였다. 그것은 거친 바람의 손길에 썩어 문드러지는 위협적인 밤이었다. 결코 쓰러뜨릴 수 없는 무적의 밤이었다.

그 시각, 비행기 한 대가 깊은 어둠에 빠져 위기를 겪고 있었다. 지상에 있는 사람들은 속수무책으로 발만 동동 구르고 있을 뿐이었다.

제 14 장

연 착

파비앵의 아내가 전화를 했다.

남편이 돌아올 때가 되면, 그녀는 파타고니아 노선 비행기의 진로를 헤아려 보곤 했다. '지금쯤 트렐레우에서 이륙하겠지.'라고 생각하며 다시 잠이 들었다. 잠시 후에는 '지금이면 산 안토니오에 거의 다 왔을 거야. 도시의 불빛이 보이겠지.'라고 생각했다. 그녀는 자리에서 일어나 창문의 커튼을 젖히고 하늘을 올려다보며 날씨를 가늠해 보았다.

'흠, 구름이 많이 끼어서 그이가 힘들겠어.'

때때로 달이 목동처럼 어슬렁거리며 지나갔다. 이 젊은 여자는 남편 주위에 달과 별을 비롯해 수많은 천체들이 떠다니고 있다는 생각에 안심을 하고 다시 잠자리에 들었다.

새벽 1시가 되자 그녀는 남편이 가까이 와 있는 것처럼 느껴졌다. '그이는 지금 그렇게 먼 곳에 있지 않을 거야. 지금쯤 부에노스아이레스가 내려다보일지도 몰라.' 하고 생각했다. 그녀는 자리에서 일어나 남편의 식사와 따뜻한 커피를 준비했다.

'저 위는 무척 추울 테지.'

파비앵의 아내는 마치 남편이 눈 덮인 산꼭대기에서 내려오기라도 하는 것처럼 그를 맞이하곤 했다.

"안 추워요?"

"안 추워!"

"그래도 몸을 따뜻하게 해요."

1시 15분쯤에 모든 준비가 끝나자, 그녀는 회사에 전화를 걸었다. 언제나 그랬듯이, 그날 밤에도 남편의 소식이 궁금했다.

"파비앵 씨가 도착했나요?"

전화를 받은 직원은 당황해하는 기색을 보였다.

"누구십니까?"

"시몬 파비앵이에요."

"아! 잠시만요."

직원은 아무 말도 할 수가 없어서 수화기를 얼른 과장에게 건넸다.

"누구십니까?"

"시몬 파비앵입니다."

"아! 무슨 일이시죠, 부인?"

"남편이 도착했나요?"

침묵이 잠깐 이어졌다. 그러나 과장은 어쩔 수 없이 대답을 해야만 했다.

"아니요."

"좀 늦어지나 봐요?"

"네."

또다시 침묵이 이어졌다.

"네, 비행기가 연착입니다."

"아!"

그것은 상처 입은 육신의 소리와도 같았다. 비행기 연착은 아무것도 아니었다. 정말로 별것 아니지만 만약에 이 시간이 계속 길어진다면…….

"아! 그럼 몇 시에 도착할까요?"

"몇 시에 도착하느냐고요? 우리도…… 그건 아직 모릅니다."

그녀는 이제 벽에 대고 말을 하는 신세가 되었다. 자신의 질문에 대한 메아리만 들을 수 있을 뿐이었다.

"제발 대답해 주세요! 남편이 지금 어디쯤 있나요?"

"그가 어디쯤 있냐고요? 잠시 기다리십시오."

그녀는 이 무기력한 상황이 무척 답답했다. 저 벽 뒤에서 무슨 일이 일어나고 있는 게 틀림없었다. 얼마 뒤, 답변이 들려왔다.

"코모도로에서 19시 30분에 이륙했습니다."

"그다음엔요?"

"그다음에요? 계속 지연됐습니다. 악천후 때문에 늦어지고 있어요."

"아! 악천후요……."

부에노스아이레스 하늘 위에 유유히 떠 있는 저 달은 어쩌면 저리도 불공평하고 음흉하단 말인가! 젊은 부인은 문득 코모도로에서 트렐레우까지 겨우 두 시간밖에 걸리지 않는다는 사실을 떠올렸다.

"여섯 시간 동안 트렐레우를 향해 비행하고 있다고요? 그렇다면 전신이라도 보냈을 텐데요! 뭐라고 하던가요?"

"무슨 말을 했냐고요? 이런 악천후에는, 아시겠지만 무전 상태가 말이 아닙니다."

"날씨가 그 정도로 나쁜가요?"

"그렇습니다, 부인. 무언가 소식이 오면 곧바로 전화드리겠습니다."

"아! 아무것도 모른다는 말이군요!"

"그럼, 들어가세요, 부인."

"아뇨, 잠깐만요! 소장님과 통화하고 싶어요!"

"부인, 소장님은 지금 매우 바쁘세요. 회의 중이십니다."

"상관없어요! 이제 뭐든 상관없어요! 당장 그분과 통화하게
해 주세요!"

과장은 이마의 땀을 닦았다.

"잠깐만 기다리세요."

그는 리비에르의 사무실 문을 밀었다.

"파비앵 부인이 소장님과 통화하고 싶어 합니다."

리비에르는 잠시 생각에 잠겼다.

'내가 걱정했던 일이 드디어 일어났군.'

비극의 감정적인 요소들이 점점 눈에 보이기 시작했다. 처음
에는 그런 것들을 거부할까도 생각했다. 어머니나 아내들은 어
떤 경우에도 수술실에 들어갈 수 없게 돼 있었다. 감정 따위는
위기에 빠진 배를 구조하는 데 전혀 도움이 되지 않았다.

그러나 그는 파비앵 부인의 전화를 받기로 결심했다.

"내 방으로 전화를 돌려 주게."

수화기 너머로 작고 떨리는 목소리가 먼 곳에서 울리듯 아련
하게 들렸다. 그 순간, 그는 그녀에게 아무런 대답도 할 수 없다
는 것을 깨달았다. 서로 부딪쳐 보았자, 두 사람 모두에게 헛수
고일 뿐이었다.

"부인, 제발 진정하세요! 오랫동안 소식을 기다리는 건, 이쪽
분야에서 일하다 보면 자주 일어나는 일입니다."

그는 지금 장벽에 부딪혔다. 개인적인 사소한 고뇌로 빚어진

장벽이 아니라, 업무와 관련된 문제가 제기된 것이었다. 그의 앞을 가로막고 있는 상대는 파비앵의 아내가 아니라 삶의 또 다른 의미 그 자체였다.

리비에르는 구슬픈 노래를 부르는 듯한 그녀의 작은 목소리를 끝까지 들어 줄 수밖에 없었다. 그러나 그가 지금 동정하고 있는 그 목소리는 자신에게 몹시 적대적이었다.

그가 하는 주요 사업과 그녀의 개인적인 행복은 서로 공존할 수 없는, 대립적인 것이었다. 이 여자는 절대적인 세계에서 그 세계의 의무와 권리의 이름으로 자신의 목소리를 냈다. 저녁 식탁에 놓인 등불의 밝은 빛이 비추는 세계, 파비앵의 육체를 당당히 요구하는 다른 육체의 이름으로, 희망과 부드러움, 추억의 이름으로 말을 하고 있었다. 그렇게 그녀는 자신에게 소중한 것을 요구했다. 그녀의 말이 모두 맞았다.

리비에르 역시 그 나름대로 옳았다. 하지만 그는 그녀의 진실 어린 주장에 반박할 수 있는 아무런 논리가 없었다. 바야흐로 평범한 가정집의 등불 아래 놓인 고유한 진실과 말로 표현할 수도 없고 인간적이지도 않은 리비에르의 진실이 마주했다.

"부인……."

그녀는 더 이상 듣고 있지 않았다. 그때 리비에르가 받은 인상은 그녀가 연약한 손을 부르쥐고 벽을 계속 내려치다 지쳐 그만 자신의 발밑에 쓰러진 듯싶었다.

어느 날, 교량 건설 현장에서 인부 하나가 큰 부상을 당했다. 그 소식을 들은 정비사가 리비에르에게 이렇게 말했다.

"한 인간의 얼굴을 저렇게 묵사발로 만들면서까지 다리를 놓을 가치가 있을까요?"

마침내 다리가 완공되어 그 위를 무시로 지나다니는 농부들 중에, 사람의 얼굴에 끔찍한 상처를 내면서까지 다리를 건설해야 한다고 생각하는 사람은 아마 단 한 명도 없을 것이다. 그런데도 다리는 건설되고, 사람들은 그 다리를 건너 다녔다.

정비사는 다시 이렇게 덧붙였다.

"공익이란 결국 개인적인 이익들이 모여서 이루어지는 거죠. 그 외엔 아무것도 정당화되지 않습니다."

나중에 리비에르는 그 정비사에게 되물었다.

"인간의 목숨이 가치를 매길 수 없을 만큼 소중하다 해도, 우리는 늘 생명보다 더 존귀한 무언가가 있는 것처럼 생각하며 행동하지 않는가? 만약에 진짜로 그런 게 존재한다면 그것의 정체는 무엇일까?"

리비에르는 비행기의 승무원들을 떠올리자 가슴이 죄어 오는 듯했다. 어떤 행위, 가령 다리를 만드는 행위에서조차도 누군가의 행복은 산산조각이 나 버렸다.

리비에르는 자신이 대체 '무엇을 위하여' 이런 행동을 하는지 자문하지 않을 수가 없었다. 그는 다시 생각에 잠겼다.

'어쩌면 지금 실종되어 죽게 될지도 모르는 사람들이 그 일을 안 했다면 더 오랫동안 행복하게 살아갔을 수도 있어.'

그의 눈앞에 저녁의 황금 불빛이 비추는 성전 안에 머무는 사람들의 얼굴이 아른거렸다. 무엇을 위해 나는 그 사람들을 그곳에서 끌어냈을까? 무엇을 위해 그들의 개인적인 행복을 앗았을까? 가장 중요한 법은 곧 개인의 행복을 보호하는 것이 아니던가? 그런데 리비에르 자신이 이러한 행복을 깨부수고 있었다.

하지만 행복의 성전처럼 보이는 그 집도 언젠가는 신기루처럼 사라지고 말 것이다. 리비에르보다 더 가혹한 늙음과 죽음이 그렇게 만들 테니까.

어쩌면 더 지속적인 무언가가, 구해 내야 할 다른 무언가가 존재하고 있을 수도 있다. 리비에르는 아마도 인간이 가진 그 무언가를 구해 내기 위해 이 일을 하는지도 모른다. 그렇지 않으면 그가 하는 행위는 정당성을 상실해 버리고 말 것이다.

'사랑하기……. 오로지 사랑하기만 하는 게 얼마나 어려운 일인가!'

리비에르는 막연하게나마 사랑보다 더 중대한 의무가 있을 것이라고 느꼈다. 어쩌면 애정의 다른 모습일 수도 있지만, 기존의 애정과는 아주 다른 성격을 띤 것이 분명했다.

문득 한 구절이 그의 머릿속을 스치고 지나갔다. '그것을 영원한 것으로 만드는 일이 관건이다.' 그다음 구절은 대체 어디서

읽었던가? '그대가 그대 안에서 추구하는 모든 것은 결국 소멸할 것이다.'

문득 페루에 있는 고대 잉카족의 태양신 신전이 눈앞에 그려졌다. 산 위에 우뚝 서 있는 돌기둥들이 보였다. 이 돌기둥들이 없었다면 강력한 힘을 발휘했던 인류의 문명에 과연 무엇이 남았을까? 이 무거운 돌기둥은 오늘날의 인류를 무겁게 짓누르는 깊은 애환과도 같은 것이 되었다.

'어떤 엄격함, 아니면 어떤 기이한 애정을 느꼈기에 고대의 그 지도자는 군중을 강제로 산으로 끌고 가, 그들의 영원성을 상징하는 신전을 짓게 한 것일까?'

리비에르는 저녁마다 음악당 주위를 돌아다니는 작은 도시의 군중들을 떠올려 보았다.

'그런 식의 행복과 그런 식의 겉치레란……'

리비에르는 계속 생각했다.

그 고대 잉카족의 지도자는 인간의 고통을 동정하지는 않았어도 죽음에 대해서만큼은 무한한 애도를 했으리라. 여기서 말하는 죽음은 특정한 개인의 죽음이 아니라 모래 더미에 파묻혀 사라진 종족의 소멸을 말한다. 그리하여 그는 사막이 결코 삼켜 버릴 수 없는 높디높은 돌기둥이라도 세우기 위해 군중들을 산으로 이끌었던 것이리라.

제 15 장
죽음의 미끼

어쩌면 꼬깃꼬깃 네 쪽으로 접힌 종이쪽지가 그를 구할 수 있을지도 몰랐다. 파비앵은 이를 악물고 종이를 폈다.

부에노스아이레스와 통신이 불가능함. 손가락이 감전되어 무선 기기를 작동하기가 힘든 상황임.

파비앵은 화가 나서 바로 답장을 하려고 했다. 그러나 글을 쓰려고 핸들에서 손을 떼자 격렬한 파동 같은 것이 그의 몸을 강타했다. 오 톤이나 되는 금속 동체 안에 있는데도 강한 기류가 조종사를 들었다 놨다 하며 쉼 없이 흔들어 댔다. 결국 그는 답장 쓰는 것을 포기했다.

그의 두 손은 다시 거친 파동의 제압에 나섰다.

파비앵은 크게 심호흡을 했다. 만약 무선사가 폭풍우에 지레 겁을 먹고 안테나를 뽑아 올리려 한다면, 착륙하자마자 그의 얼굴을 후려갈길 것이다. 무슨 일이 있어도 부에노스아이레스와 연락을 취해야 했다. 비록 1,500킬로미터 넘게 떨어진 곳에 있긴 하지만, 그곳이라면 이 어둠의 구렁텅이에서 끄집어낼 밧줄을 던져 줄 수 있을 것 같았다.

지상의 흔들리는 불빛……. 별 소용은 없을지라도 여관의 불빛은 지상의 존재를 알리는 등대와도 같았다. 그런 불빛은 보이지 않았지만, 파비앵은 어떻게든 사람의 목소리가 듣고 싶었다. 더 이상 그들에게 존재하지 않는, 지구라는 곳에서 들려오는 단한마디의 목소리가 절실했다.

조종사는 주먹 쥔 손을 들어 붉은 램프에 비치도록 흔들었다. 뒤에 앉은 무선사에게 이 비참한 상황을 알리려는 것이었다. 그러나 무선사는 빛이 모두 꺼져 어둠에 매몰된 도시의 황량한 공간을 내려다보느라 그의 손짓을 미처 알아차리지 못했다.

파비앵은 지금 누구든 자신에게 무언가 지시를 내린다면 군말 없이 따를 것이라고 생각했다.

'누가 나더러 빙글빙글 돌라고 시킨다면 그렇게 할 것이다. 또정남쪽으로 곧장 가라고 한다면…….'

커다란 달그림자가 비치는 평화롭고 아늑한 땅이 저 어딘가에 분명 있을 것이다. 학자처럼 똑똑한 지상의 동료들은 그 땅이 어디에 있는지 알 수 있으리라. 꽃처럼 아름다운 등불 밑에서 지도를 들여다보고 있을 그들은 전능한 힘을 가지고 있으니까.

그런데 정작 그는 자신을 향해 빠른 속도로 달려드는 소용돌이와 암흑밖에 알지 못했다. 그들은 구름 속의 불꽃과 회오리바람에 갇힌 조종사와 무선사를 포기하지 않을 것이다. 그럴 수는 없다. 누군가 파비앵에게 "기수를 240도 방향으로 돌리시오."라고 명령한다면 그는 당장이라도 그렇게 할 것이다. 그러나 그는 혼자였다.

주변을 둘러싼 사물마저도 그에게 저항하는 것처럼 느껴졌다. 비행기가 하강할 때마다 엔진이 어찌나 심하게 진동하는지, 마치 비행기 전체가 격렬한 분노에 휩싸인 것만 같았다. 파비앵은 어떻게든 비행기를 통제하기 위해 조종석에 몸을 바짝 붙여 앉았다. 그리고 자이로스코프가 수평을 유지할 수 있도록 온 신경을 집중했다.

하늘과 땅을 구분할 수 없을 정도로 시야는 완전한 암흑 천지였다. 태곳적 암흑처럼 모든 것이 서로 뒤섞여 갈피를 잡을 수가 없었다. 그럴수록 위치를 가리키는 계기판 바늘들은 더욱더 빨리 움직였다. 그래서 정확한 수치를 파악하기가 매우 힘들었다.

결국 그는 수치를 잘못 읽고 고도 감각을 상실하고 말았다. 비행기는 점점 더 깊은 어둠 속으로 매몰되기 시작했다. 그는 고도계의 숫자를 다시 확인했다. '500미터'라고 적혀 있었다. 야산과 비슷한 높이였다.

파비앵은 산들이 아찔할 정도로 세차게 흔들리며 자신에게로 달려드는 것만 같았다. 마치 지상의 모든 산들이 볼트를 풀어헤친 것처럼 낱낱이 해체된 채 그의 주변을 미친 듯이 맴도는 것처럼 느껴졌다. 이러다 아주 작은 덩어리에 부딪혀도 그의 몸은 산산이 부서져 버릴 것이다. 해체된 산들은 주변에서 격렬하게 춤을 추며 그의 몸을 점점 더 옥죄었다.

파비앵은 모든 것을 운명에 맡기기로 했다. 비록 산과 충돌하는 한이 있더라도 어디든 착륙을 해야 했다. 야산에 처박히지 않기 위해 하나밖에 없는 조명탄을 쏘기로 마음먹었다. 이윽고 조명탄이 불꽃을 내며 휘돌았다. 아주 잠깐 동안 평원을 밝게 비춘 뒤 서서히 잦아져 갔다. 비행기 아래쪽은 바다였다.

그는 얼른 머리를 굴렸다.

'다 끝났어! 40도나 오차를 수정했는데도 편류를 하고 말다니. 이건 태풍이야. 육지는 대체 어디에 있는 거지?'

그는 정서쪽으로 방향을 바꾸고 다시 생각에 잠겼다.

'이젠 조명탄도 없고, 죽을 일만 남았군.'

언젠가는 이런 순간이 올 거라는 것을 알았다. 그런데 뒷좌석에 앉아 있는 무선사는 지금 뭘 하고 있을까?

'틀림없이 안테나를 다시 올렸겠지.'

그러나 조종사는 더 이상 그를 원망하지 않았다. 만약 조종사가 두 손을 놓아 버리면 두 사람의 삶은 하찮은 먼지처럼 순식간에 사라질 것이었다. 조종사의 양손에 두 사람의 목숨이 달려 있었다.

갑자기 그는 자신의 두 손이 무서워졌다. 숫양의 공격처럼 거친 돌풍을 맞으면서도 핸들의 충격을 줄이기 위해 손에서 힘을 빼지 않았다. 안 그랬다가는 핸들에 연결된 케이블이 충격을 이기지 못하고 끊어질 것이 분명했다. 얼마나 세게 쥐고 있었던지 손에 감각이 없을 정도였다.

파비앵은 어떤 반응이 오는지 살피기 위해 손가락을 까딱거려 보았다. 하지만 손가락이 자신의 말을 듣는지조차 파악할 수가 없었다. 낯설디낯선 무언가가 자신의 팔 끝에 무감각하게 달려 있을 뿐이었다. 그 얇은 가죽은 아무 감도도 느끼지 못한 채 그저 말랑하기만 했다.

파비앵은 또 생각했다.

'내가 손에 힘을 세게 주고 있다고 상상해야겠어.'

그는 자신의 생각이 손에 가 닿았는지 알 수가 없었다. 어깨에 통증이 느껴지자, 그제야 핸들이 심하게 흔들리고 있다는 사실을 깨달았다.

'핸들이 손에서 빠져나갈 것만 같아. 손이 저절로 펴질 것만

같아.'

이런 상상을 하는 것 자체가 그에게는 엄청난 공포였다. 왜냐하면 자신의 손이 그런 상상이 빚어 낸 막연한 힘에 복종해서 서서히 펴지고, 자신은 끝내 어둠 속으로 떨어질 것만 같았기 때문이다. 그는 안간힘을 쓰면서 자신의 운이 어디까지인지 시험해 보기로 했다.

늘 그렇듯 외부에서 오는 불운은 없었다. 불운은 인간의 내면에서 오는 것이다. 스스로 나약하다고 느끼는 순간에, 여러 가지 실수들이 정신이 혼미해질 정도로 줄줄이 생겨나기 때문이다.

바로 그때, 그의 머리 위로 별 몇 개가 폭풍우의 틈새에서 죽음의 미끼와도 같은 빛을 발했다.

파비앵은 그것이 함정이라는 것을 잘 알았다. 빈 틈새로 별 세 개가 보인다고 해서 그쪽으로 올라갔다가는 다시 하강하지 못하고 별들에게 걸려들어 감쪽같이 갇히고 말 것이었다.

그러나 빛에 너무도 목마른 나머지, 그는 결국 그쪽으로 올라가 버렸다.

제 16 장
빛의 우물

파비앵은 별이 알려 준 길 덕분에 회오리바람을 잘 피하며 위로 올라갔다. 희미한 별빛이 자석처럼 그를 끌어당겼다. 빛을 찾아 오랜 시간 고생을 한 그로서는 아무리 어렴풋한 빛이라도 놓칠 수가 없었다. 여관의 등불 하나라도 발견한다면, 그는 운이 참 좋다고 여기면서 그토록 간절히 그리워하던 그 신호 주변을 죽기 살기로 배회했을 것이다. 그리고 지금 그는 빛의 세계로 올라가고 있었다.

그는 빙글빙글 돌며 빛의 우물 속으로 올라갔다. 하지만 이 우물은 그가 들어가자마자 곧 입구를 닫아 버렸다. 그가 위로 올라가면 갈수록 구름이 어두운 진흙의 모습을 버렸다. 차차 깨끗

하고 하얀 물결로 바뀌며 그에게로 밀려왔다.

파비앵은 속도를 내어 위로 솟구쳤다. 그러다 소스라치게 놀랐다. 빛이 하도 밝아서 눈이 부셨다. 몇 초간 눈을 감고 있어야 할 정도였다. 그는 밤하늘의 구름 때문에 눈이 부실 거라고는 한 번도 상상하지 못했다. 보름달과 밤하늘을 수놓은 별들이 반짝이는 물결을 이루고 있었다.

비행기가 위로 솟아오르는 바로 그 순간, 그는 믿을 수 없을 만큼 평온해졌다. 비행기를 흔들던 파동도 뚝 그쳤다. 방파제를 지나는 거룻배처럼 비행기는 조용한 빛의 우물 속으로 스며들었다. 그곳은 마치 천복을 누리는 섬의 어느 만처럼 하늘 어딘가에 은밀하게 가려져 있었다. 바야흐로 그는 그 세계로 들어간 것이었다.

그 아래쪽에는 폭풍우가 몰아치는 고도 3,000미터의 또 다른 세계가 존재했다. 그곳에는 돌풍과 폭우, 천둥 번개가 몰아치고 있었고, 수정처럼 맑고 눈처럼 흰 얼굴이 별을 향하고 있었다.

파비앵은 자신이 이상한 세계에 들어왔다고 생각했다. 그도 그럴 것이 모든 것이 반짝반짝 빛났기 때문이다. 그의 두 손과 옷, 비행기 날개에서도 빛이 났다. 별에 반사된 빛이 아니었다. 그의 아래쪽은 물론, 사방을 둘러싸고 있는 하얀 물체들이 모두 빛을 내뿜고 있었다.

비행기 밑에 있는 구름이 달빛을 받아 눈처럼 흰 빛을 밖으로 흘려보내고 있었다. 높은 탑처럼 우뚝 솟은 구름이 왼쪽에도 있고 오른쪽에도 있었다. 비행기가 우유처럼 하얀 광채 속을 날아다니는 동안 승무원들은 그 안에 몸을 담갔다.

파비앵이 돌아보자 무선사가 싱긋 미소를 지었다.

"이제 좀 살 만하네요!"

무선사가 외쳤다.

하지만 엔진의 소음에 묻혀 그의 목소리는 조종석까지 들리지 않았다. 다만, 그의 미소만이 전해졌다.

파비앵은 속으로 생각했다.

'난 지금 미치겠는데 웃고 있다니. 우린 길을 잃었단 말이야.'

그때 파비앵을 꼭 붙잡고 있던 수많은 어둠의 팔들이 그를 놓아주었다. 죄수를 풀어 주어 잠시 꽃밭 사이를 혼자 걷도록 내버려 두는 것처럼.

'매우 아름답군.'

파비앵은 생각했다. 그는 보물처럼 빼곡한 별들 사이를 정처 없이 떠다니며, 자신과 무선사 외에 살아 있는 존재라곤 전혀 보이지 않는 세계를 방황했다. 방 안에 보물이 가득 들어차 있지만 한번 들어가면 두 번 다시 나올 수 없는 환상의 집에 갇힌 도둑과 비슷한 처지가 되고 말았다. 그들은 얼음처럼 차가운 보석 주변을 하염없이 떠돌아다니고 있었다. 어마어마한 부자가 되었으나 죽음을 피할 수 없는 신세였다.

제 17 장
상 실

파티고니아의 기항지인 코모도로 리바다비아의 한 무선사가 갑자기 손짓을 하자, 무력하게 밤을 새우고 있던 당직 직원들이 그의 주변으로 모여들어 책상 위로 몸을 숙였다.

그들은 밝게 빛나는 하얀 종이를 들여다보고 있었다. 무선사는 주저주저하며 손으로 펜만 연신 돌려 대었다. 무선사의 손은 이미 머릿속을 맴도는 말을 글씨로 쓰려고 했으나 손가락이 자꾸만 덜덜 떨렸다.

"폭풍우인가요?"

무선사는 고개를 끄덕여 '그렇다.'는 대답을 대신했다. 폭풍우의 잡음이 수신 전파를 방해했다.

그는 의미를 알 수 없는 기호 몇 개를 쓰고 나서 다시 몇 개의 단어를 더 적었다. 드디어 제대로 된 문장이 완성되었다.

비행기가 폭풍우 3,800미터 상공에 갇혀 있음. 바다 쪽으로 내려갔다가 내륙을 향해 정서 방향으로 비행 중. 비행기 밑은 구름에 가려져 있으며, 지금도 바다 위에 있는지는 확인하기 힘듦. 폭풍우가 내륙에도 몰아치고 있는지 통보 요망.

폭풍우가 거세게 몰아치고 있어서, 이 전신을 부에노스아이레스까지 보내려면 여러 무선국을 거쳐야만 했다. 이 전신은 이 망루에서 저 망루로 전해지는 봉화처럼, 이 무선국에서 저 무선국으로 밤을 가로질러 건너갔다.

마침내 부에노스아이레스에서 답신을 보내왔다.

내륙 전체에 폭풍우가 확산되고 있음. 남은 연료 확인 바람.

아래 문장이 또 밤샘을 하는 무선사들을 거쳐 다시 부에노스아이레스까지 전해졌다.

앞으로 삼십 분 정도 비행 가능.

비행기 승무원들은 앞으로 삼십 분 안에 폭풍우 속에 빠져들어 점점 더 지상으로 밀려 내려갈 운명에 처해 있었다.

리비에르는 깊은 생각에 잠겼다. 더 이상 희망이 없었다. 그 비행기 승무원들은 이미 밤의 세계 어딘가에 빠지고 말았을 것이다. 문득 어린 시절에 보았던 충격적인 장면이 떠올랐다. 그때 사람들은 시체를 건지기 위해 연못의 물을 다 뺐다.

이번에도 역시 땅을 뒤덮은 어둠의 덩어리가 흘러가 버리기 전까지는, 날이 밝아 모래밭과 평야, 밀밭이 다시 본래의 모습을 보이기 전까지는 아무것도 찾을 수 없을 터였다.

어쩌면 순진한 농부들이 팔을 얼굴에 올린 채 평온하게 잠자는 듯한 두 아이를 풀밭에서 발견할지도 몰랐다. 하지만 밤은 하늘에 있는 두 승무원을 익사시키고 말겠지.

리비에르는 전설의 바다와 같이 밤의 깊은 곳에 숨겨진 보물들을 생각했다. 아직은 펴 보지 못한 꽃망울을 안은 채 날이 새기를 기다리는 사과나무들도 떠올렸다. 달콤한 향기와 잠든 어린 양, 아직 제 색을 띠지 못한 꽃들로 가득 찬 밤은 풍요롭기만 했다.

날이 밝으면 두둑한 밭이랑과 촉촉하게 젖은 나무들, 싱싱한 개자리속 풀들이 해를 향해 서서히 기지개를 켤 것이다. 이제는 더 이상 위험하지 않은 야산과 목장의 어린 양들 사이에 두 아이가 잠을 자는 것처럼 누워 있을 것이다. 그리고 눈에 보이는 세상에서 보이지 않는 세상으로 무엇인가가 천천히 흘러가 버릴 것이다.

불안에 떨고 있는 파비앵의 아내는 매우 다정한 사람이었다. 그러나 그녀의 사랑은 곧 가난한 아이에게 장난감을 잠깐 빌려 준 것처럼, 잠시 빌려서 품고 있다가 원래의 주인에게 돌려준 꼴이 되고 말았다.

리비에르는 마지막 몇 분 동안 핸들에 자신의 운명을 걸었을 파비앵의 손을 생각했다. 누군가를 부드럽게 어루만지던 그 손, 누군가의 가슴 위에 얹혀서 신의 손길처럼 두근거리게 하던 그 손, 또 얼굴을 어루만지며 누군가의 표정을 바꿔 놓던 그 손, 기적을 일으켰던 그 손을 떠올렸다.

파비앵은 구름 바다로 이루어진 높은 세상, 즉 밤의 하늘을 방황하고 있었지만 그 밑에는 영원의 세계가 존재했다. 그는 혼자 사는 별들 사이에서 길을 잃었다. 여전히 자기 손 안에 세상을 움켜쥐고 핸들에 가슴을 댄 채 균형을 잡으려고 애썼다.

그는 핸들 속에 인간적인 부를 움켜쥔 채 이 별에서 저 별로 옮겨 다니며 언젠가는 돌려주어야 하는 쓸데없는 보물을 절망스럽게도 이리저리 끌고 다녔다.

리비에르는 아직 어느 무선사가 파비앵의 목소리를 듣고 있을지도 모른다고 생각했다. 파비앵과 세상을 이어 주는 유일한 것은 음악적인 파동, 즉 단파 무전뿐이었다. 그것은 원망의 소리도, 울부짖음도 아니었다. 절망이 만들어 낼 수 있는 세상에서 가장 순수한 소리였다.

제 18 장

행방불명

로비노가 리비에르를 고독에서 끌어냈다.

"소장님, 제 생각에는…… 뭐라도 시도를 해 봐야 할 것 같습니다."

구체적으로 제안하는 것은 아무것도 없었다. 다만 그렇게라도 그는 성의를 표시한 셈이었다. 그는 해결책을 찾고 싶은 마음이 간절했다. 그래서 알쏭달쏭한 수수께끼의 답을 찾듯이 어떻게든 해결책을 찾아보려고 애썼다. 그러나 리비에르는 그가 찾은 해결책을 진지하게 듣지 않았다.

"이보게, 로비노. 인생엔 원래 해답이 없는 법이라네. 전진을 할 수 있는 힘만 있을 뿐이지. 그 힘을 가져야 해. 그러면 해결책은 저절로 따라오는 걸세."

결국 로비노가 맡은 역할은 그저 비행기를 전진하게 하는 힘을 만드는 것으로 제한되었다. 보잘것없는 그 힘이 있기에 프로펠러 회전축이 녹슬지 않을 수 있었다.

그러나 그날 밤 일은 로비노를 한없이 무기력하게 만들었다. 감독관이라는 그의 직위는 폭풍우 속에서 유령이 된 승무원에게 그 어떤 영향도 미치지 못했다. 그 승무원들은 비행 시간을 엄수하여 특별 수당을 타기 위해 몸부림치는 것이 아니라, 정말로 죽음과 맞서 싸우고 있었다. 로비노의 처벌이 죽음 앞에서는 그야말로 무용지물이 되어 버렸다. 이제 그들에게 아무짝에도 쓸모없게 된 로비노는 사무실 안을 힘없이 서성거렸다.

파비앵의 아내가 회사로 찾아왔다. 도저히 집 안에 가만히 앉아 있을 수가 없었던 것이다. 그녀는 사무실로 가서 리비에르와의 면담을 기다렸다. 직원들은 곁눈질로 그 여자의 얼굴을 훔쳐보았다. 그녀는 불안한 눈으로 주변을 둘러보았다.

거기에 있는 모든 것이 그녀를 거부했다. 마치 시체 위를 밟고 지나가듯 묵묵히 일하는 사람들이 그러했고, 사람의 목숨과 인간적인 고통조차도 딱딱한 숫자로밖에 남기지 않는 서류들이 그랬다.

그녀는 파비앵에 관한 작은 흔적이라도 남아 있을까 싶어서

노심초사하며 구석구석 찾아보았다.

그녀의 집에서는 모든 것이 남편의 부재를 알렸다. 가지런히 펴 놓은 침구와 미리 준비해 놓은 커피와 꽃다발이 그랬다. 하지만 사무실에서는 아무것도 발견하지 못했다. 모든 것이 동정과 우정, 추억과 대립했다.

한 직원이 견적서를 달라고 소리쳤을 뿐, 아무도 그녀 앞에서 큰 소리를 내지 않았다.

"산토스에 보낼 발전기 관련 견적서 말이야! 이런, 제기랄!"

그녀는 깜짝 놀라 그 남자를 쳐다보았다. 이어서 지도가 걸려 있는 벽을 보았다. 그녀의 입술이 가늘게 떨렸다. 문득 자신이 직원들의 적이 될 수도 있다는 생각이 들었다. 그 자리가 몹시 불편했다. 그런 생각이 미치자 괜히 왔다는 후회가 들면서 어디론가 숨고만 싶었다. 직원들의 시선을 받게 될까 봐 기침도 눈물도 억지로 참았다.

그녀는 자기가 와서는 안 될 곳에서, 자기와 어울리지 않는 곳에서 발가벗고 있는 듯한 기분이었다. 하지만 그녀의 진심이 너무나도 절실하게 와 닿았기에, 직원들은 그녀의 표정을 읽으려고 힐끔힐끔 쳐다보았다.

매우 아름다운 여자였다. 그 여자는 남자들에게 행복이 가득한 신성한 세계를 보여 주었다. 또한 자신도 모르는 사이에 존엄한 것에 대해서도 알게 해 주었다. 그녀는 자기에게 쏠린 수

많은 시선이 의식되어서 짐짓 눈을 감았다. 직원들이 미처 알지 못하는 사이에 평화를 깨뜨릴 수 있다는 것도 보여 주었다.

드디어 리비에르가 그 여자를 맞이했다.

여자는 조심스럽게 자기가 집에 준비해 둔 꽃과 커피, 아직 젊은 자신에 대해 말하며 이곳에 온 이유를 설명했다. 다른 사무실보다 한층 냉랭함을 느끼며 그녀의 여린 입술이 또다시 떨렸다. 그녀는 자신의 진심을 이곳에서는 제대로 설명할 수 없다는 것을 깨달았다.

너무도 격렬해서 차라리 원초적이라 할 만한 그녀의 사랑과 헌신은, 이 자리에선 성가시거나 이기적인 것으로 비쳤다. 그녀는 당장 도망치고 싶었다.

"제가 방해가 되는군요……."

"부인, 그렇지 않습니다. 안타깝게도 지금 부인과 제가 할 수 있는 일이라고는 기다리는 것밖에 없어요."

리비에르가 말했다.

그 여자는 어깨를 으쓱했다.

리비에르는 그 행동이 무엇을 의미하는지 알았다. '집에서 나를 기다리고 있는 등불과 저녁 식탁, 꽃 들이 다 무슨 소용이 있겠어요?'라고 말하는 듯했다. 언젠가 어떤 어머니가 리비에르에게 이런 고백을 한 적이 있었다.

"난 아직 아이의 죽음을 받아들이지 못해요. 날 정말로 힘들게 하는 건 아주 사소한 것들이에요. 고개를 돌릴 때마다 눈에 들어오는 아이의 옷가지, 밤에 잠을 깨면 가슴속 깊은 곳에서 끓어오르는 애정, 이제는 쓸모없어진 내 젖과 같은……, 그런 것들 말이에요."

이 여자는 남편 파비앵의 죽음을 내일은 되어야 실감할 것이다. 이제는 쓸모없게 된 행동과 물건들 하나하나에 깃든 파비앵은 천천히 그의 집을 떠날 것이다.

리비에르는 부인에게 깊은 동정심을 느꼈지만 일부러 내색하지 않았다.

"부인……."

이 젊은 여인은 자신이 리비에르에게 어떤 영향을 주었는지 모르는 듯 겸손한 미소를 지으며 발걸음을 돌렸다.

리비에르는 울적한 기분으로 의자에 앉았다.

'그 여자는 내가 찾던 것을 발견하는 데 큰 도움을 주었어.'

그는 북쪽 기항지에서 온 전신들을 손으로 만지작거렸다.

'우리는 영원한 존재가 되기를 바라는 건 아니다. 행동과 사물들이 갑자기 존재의 의미를 상실하는 것을 보고 싶지 않을 뿐이다. 그렇게 되면 우리를 둘러싸고 있던 공허감이 나타나기 때문이다.'

그의 시선이 전신에서 멎었다.

'이제 우리에게 죽음을 보여 주는 이 종이들. 이 보고 내용은

더 이상 의미가 없다.'

그는 로비노를 쳐다보았다. 아무짝에도 쓸모없는 이 남자의 업무도 더 이상 의미가 없었다. 리비에르는 그에게 매몰차게 말했다.

"내가 당신이 할 일을 하나하나 가르쳐 줘야 하나?"

리비에르는 직원들이 있는 사무실 문을 밀고 들어갔다. 그러자 그의 눈에 파비앵의 아내가 미처 알아보지 못했던 표시가 들어왔다. 그것은 파비앵의 실종을 확실하게 알려 주는 표시였다. 파비앵이 탄 비행기 R. B. 903호라고 적힌 쪽지가 직무 수행 불가능한 우편 항공기 목록에 붙어 있었다.

유럽행 우편 항공기와 관련된 서류를 작성하던 직원들은 출발이 당연히 늦어질 것이라고 생각해 일을 마무리하지 않고 있었다. 비행장에서는 하릴없이 밤을 지새운 정비사들의 문의 전화가 걸려 왔다. 살아 있음을 느끼게 하는 활동들의 속도가 점점 느려졌다.

리비에르는 생각했다.

'결국 죽음이 오는구나!'

그의 사업은 무풍의 바다에 묶인 고장난 범선과 같았다.

로비노의 목소리가 들렸다.

"소장님, 그들이 결혼한 지 육 주밖에 되지 않았답니다……."

"가서 일이나 하게."

리비에르는 사무실 직원들을 물끄러미 바라보았다. 그리고 잡일을 하는 인부들에서 정비사들과 조종사들까지, 모두 건설자라는 신념으로 자신의 사업을 도와준 사람들의 얼굴을 떠올렸다.

그는 섬에 대한 이야기를 들으며 배를 만들던 먼 옛날의 작은 도시들을 생각했다. 그 배에 자신들의 희망을 실으며, 그 희망이 바다 위에 돛을 활짝 펼치는 광경을 보기 위해 사람들은 배를 만들었다. 그 배 덕분에 모두가 더 크게 성장했고, 결국에는 자기 자신에게서 해방되었다.

'목표는 어쩌면 아무것도 정당화해 주지 못한다. 하지만 행동은 죽음에서 해방되게 한다. 그 도시의 사람들은 자신들의 배 덕분에 삶을 지속하는 것이다.'

리비에르는 죽음과 맞서 싸울 것이다. 전신 내용에 충만한 의미를 부여할 것이고, 밤샘을 하는 정비사들에게 걱정을, 조종사들에게는 비장한 비행 목표를 부여할 것이다. 그래서 이 사업을 다시 생동감 있게 만들 것이다. 마치 바다에 바람이 불어 범선을 더 힘차게 움직이게 하듯이 말이다.

제 19 장
여행의 막바지

코모도로 리바다비아 무선국에서는 아무 소식도 듣지 못했다. 그러다가 이십 분이 지났을 무렵, 그곳에서 1,000킬로미터 떨어진 바이아블랑카 무선국에서 두 번째 전신을 수신하는 데 성공했다.

우리는 하강 중이다. 구름 속으로 들어가고 있다.

이어서 트렐레우 무선국은 무슨 뜻인지 알 수 없는 세 단어를 들었다.

……아무것도 안 보여…….

단파란 이런 것이다. 저쪽에서는 들려도 다른 쪽에서는 여전히 먹통이다. 그러다가 이유 없이 모든 게 바뀐다. 위치를 파악하지 못한 승무원들은 이미 공간과 시간을 초월한 상태에서 지상의 살아 있는 이들에게 자신의 존재를 알리고 싶어 한다. 그러면 무선국의 백지 위에 적힐 내용은 이미 유령이 된 사람들의 글이 된다.

연료가 바닥난 것일까? 아니면 고장이 나서 최후의 카드로 비상 착륙을 시도하는 것일까?

부에노스아이레스 무선국에서 트렐레우에 명령했다.

"어떻게 된 건지 물어보시오."

무선국은 흡사 실험실 같았다. 니켈, 구리, 압력계, 그리고 전기 회로 들이 가득 채우고 있었다. 흰 작업복을 입고 밤샘 작업을 하는 정비사들은 간단한 실험을 하는 듯 몸을 잔뜩 숙이고 있었다.

그들은 손가락을 조심스럽게 움직이며 기기들을 만졌다. 마치 금광맥을 찾아 떠난 탐광꾼들처럼 전자파를 띠는 하늘을 탐사하고 있었다.

"응답이 없나요?"

"응답 없음."

어쩌면 그들은 생존의 신호가 될 소리를 잡으려고 할지도 모른다. 비행기가 별들 사이로 다시 올라오면 아마도 별의 노랫소리가 들릴지도 모른다.

째깍째깍. 1초, 1초, 시간이 흐르는 게 꼭 피가 흘러가는 것 같다. 여전히 비행 중일까? 1초가 지나면서 행운이 사라진다. 그런 걸 보면 흘러가는 시간은 희망을 파괴하는 셈이다.

20세기 동안 시간은 신전을 무너뜨렸다. 화강암 사이로 길을 만들고 신전을 먼지 더미로 만들어 버리는 것처럼, 수세기 동안 약해진 것들이 매초마다 그 충격이 더해지면서 승무원들을 위협했다.

매순간이 우리에게 무엇인가를 앗아 갔다.

바로 파비앵의 목소리, 파비앵의 웃음, 그의 미소를 앗아 갔다. 그의 침묵은 이 땅에 더 크게 자리를 잡았다. 점점 더 무거워지는 그 침묵은 바다의 무게만큼이나 막대한 중압감으로 동료들을 짓눌렀다.

그때 누군가가 지적했다.

"1시 40분, 연료가 바닥나기 직전입니다. 따라서 비행을 계속한다는 것은 불가능한 일입니다."

주변이 조용해졌다.

여행의 막바지에 이르러 느끼게 되는 쓸쓸하면서도 밋밋한 감정이 입술까지 차올랐다. 정확히 무엇인지는 알 수 없지만, 속을 뒤집는 일이 일어나고 말았다. 이 복잡하게 얽혀 있는 니켈과 구리 송전선들 사이로, 폐허가 된 공장에서나 느낄 법한 슬픔이 밀려왔다. 모든 사물이 무거운 덩어리 같고 쓸모가 없어진, 본래의 의미를 잃어버린 물질들처럼 보였다. 고목에 달린 나뭇가지의 무게처럼, 그 존재의 의미가 한없이 가볍게 느껴졌다.

이제 할 수 있는 일은 날이 밝기를 기다리는 것뿐이었다.

몇 시간 후면 아르헨티나 대지를 비추어 줄 해가 솟을 것이다. 그러면 사람들은 모래사장에서 그물을 천천히 끌어당기는 사람들처럼, 무엇이 담겨 있을지 알 수 없는 그물 안을 넌지시 바라보듯 망연하게 그 자리에 머물러 있을 것이다.

리비에르는 자신의 사무실에서 손발이 탁 풀리는 듯한 느낌을 받았다. 어쩔 수 없는 숙명이라는 것을 받아들일 때 비로소 거기에서 해방될 수 있는 것처럼, 대형 참사가 일어난 후에 찾아오는 일종의 휴식이었다. 그는 그 지역의 모든 경찰들을 총동원하도록 연락을 취했다. 그것 외에 그가 할 수 있는 일은 아무것도 없었다. 그저 기다리는 수밖에.

물론 상갓집에서도 절차는 지켜야 하는 법이었다. 리비에르가 얼른 로비노에게 지시를 내렸다.

"북쪽 기항지들에 전보를 보내게. '파타고니아 노선 우편 항공기의 장시간 연착이 예상됨. 그러므로 유럽행 우편 항공기의 출발을 지체하지 말 것. 파타고니아 노선 우편물은 받는 즉시, 그 다음 편 유럽행 우편 항공기에 실어 보내겠음.'이라고 말이야."

그는 몸을 살짝 앞으로 구부렸다. 그리고 골똘히 생각에 잠겼다. 아주 중요한 일이 틀림없었다. 마침내 그것이 무엇인지 떠오르자, 잊어버리기 전에 얼른 입을 열었다.

"로비노."

"예, 리비에르 소장님."

"공문을 하나 작성하게. 이제 조종사들에게 엔진 1,900회 이상 회전을 금지한다고 말이야. 그렇게 혹사시키니깐 엔진이 금방 망가지는 걸세."

"잘 알겠습니다, 소장님."

리비에르는 아까보다 몸을 더 구부렸다. 누가 뭐래도 그에게 필요한 것은 혼자만의 시간이었다.

"이보게, 로비노. 그만 나가 보게."

로비노는 이런 끔찍한 사건 앞에서도 평정심을 잃지 않는 소장이 내심 무섭게 느껴졌다.

제 20 장
폐허가 된 왕국

로비노는 침울한 얼굴로 사무실 안을 돌아다녔다. 회사 업무는 그야말로 마비 상태였다. 원래대로라면 2시에 떠나야 하는 우편 항공기가 아직 출발을 하지 못하고 날이 밝아서야 떠날 예정이기 때문이었다. 밤샘 작업을 했지만 아무런 성과를 얻지 못한 직원들의 표정은 몹시 어두웠다. 북쪽 기항지 비행장들에서 기상 예보를 일정한 간격으로 받고 있었으나, 그 전신들 안에 담긴 '하늘 맑음, 보름달, 바람 없음'과 같은 단어들은 폐허가 된 왕국을 연상시킬 뿐이었다. 그 왕국은 달빛과 돌뿐인 사막에 있었다.

로비노는 별 생각 없이 과장이 쓰고 있던 서류를 뒤적거렸다.

그러자 과장이 그 앞에 서서 당돌하지만 예의를 갖춘 태도로 그에게 돌려 달라는 듯 뻣뻣하게 굴었다.

"궁금한 게 있으시면 그냥 제게……"라고 말하고 싶은 표정이었다. 부하 직원의 태도가 비위에 거슬렸지만, 로비노는 딱히 반박할 만한 말이 생각나지 않았다. 하릴없이 과장에게 서류를 돌려 주었다. 그러자 과장은 거드름을 피우며 자리에 앉았다.

순간, 로비노는 '저자를 매몰차게 내쫓았어야 했는데.' 하고 속으로 생각했다.

그는 태연한 척 걸어가며 이번 사건을 떠올렸다. 이 비극적인 사건이 회사에도 치욕적인 실패를 가져다주리라는 생각이 들었다. 이 참사가 이중으로 손해를 끼쳤지만, 로비노는 진심으로 애도했다. 그러다가 문득 사무실에 혼자 틀어박혀 있을 리비에르가 떠올랐다. 리비에르는 아까 로비노를 부를 때, 다정한 목소리로 "이보게."라고 했다.

로비노는 소장에게 깊은 연민을 느꼈다. 머릿속으로 그에게 동정과 위로를 전할 수 있는 말들을 몇 가지 생각해 보았다. 그는 들뜬 감정에 이끌려 소장의 사무실로 향했다. 그러고는 부드럽게 노크를 했다. 아무 대답이 없었다. 그는 이 침묵 속에서 세게 노크할 엄두가 나지 않아 문을 살며시 밀었다.

리비에르는 짐작한 대로 그곳에 혼자 있었다. 로비노가 리비에르의 사무실에 이렇게 대담하게, 마치 친구 방을 찾듯 편안히 들어간 것은 이번이 처음이었다. 마치 탄환이 빗발치는 전장에 뛰어들어 부상당한 장군을 구하고 후퇴를 도운 뒤 마침내 형제 사이가 되는 하사관의 상황과 비슷하다는 생각이 들었다.

'무슨 일이 있어도 난 당신과 함께할 거예요.'

로비노가 하고 싶은 말이었다.

리비에르는 아무 말 없이 고개를 숙인 채 자기 손을 들여다보고 있었다. 로비노는 그 앞에서 차마 입을 뗄 수가 없었다. 제아무리 기가 꺾였다 해도 사자는 여전히 위협적이었기 때문이다. 로비노는 어떤 말을 할지 고르고 골랐다.

리비에르가 고개를 들 때마다 깊이 숙인 머리 위로 회색 머리카락이 보였고, 꼭 다문 입술에서는 비장함마저 감돌았다! 마침내 로비노는 말을 꺼냈다.

"저, 소장님……."

리비에르가 고개를 들어 그를 쳐다보았다. 리비에르는 깊고 아득한 명상에서 막 깨어난 참이었다. 어쩌면 로비노가 앞에 서 있는 지 한참 됐다는 사실도 깨닫지 못했으리라. 그가 무엇을 생각하고, 무엇을 느끼며, 마음속으로 어떻게 애도를 하고 있는 지는 더더욱 알 길이 없었다.

리비에르는 무언가를 증명해 줄 산 증인이라도 되는 것처럼 로비노를 빤히 쳐다보았다. 로비노는 안절부절못했다. 리비에르가 로비노를 쳐다볼수록 그의 입술에서는 알쏭달쏭한 조소가 감돌았다. 로비노의 얼굴이 붉게 변했다. 그런 로비노를 보며 리비에르는 그가 감동할 만한 호의를 보여 주려고 여기에 왔지만, 불행히도 무의식적으로 인간의 어리석음만을 보여 주고 말았다고 생각했다.

로비노는 마음이 혼란스러웠다. 하사관도, 장군도, 탄환도 더이상 아무 의미가 없었다. 말로 형용할 수 없는 상황이었다.

리비에르는 여전히 그의 얼굴에서 눈을 떼지 않았다. 그러자 로비노는 본의 아니게 태도를 조금 바꿔서 왼쪽 주머니에 찌른 손을 빼냈다. 리비에르는 계속해서 그를 쳐다보고 있었다. 마침내 로비노는 무척 거북해하며 느닷없는 말을 꺼냈다.

"지시를 받으러 왔습니다."

리비에르는 손목시계를 내려다보더니 다음과 같이 딱 잘라 말했다.

"2시군. 아순시온 노선 우편 항공기가 2시 10분에 도착할 테니 유럽행 우편 항공기를 2시 15분에 이륙시키게."

로비노는 야간 비행이 중지되지 않는다는 놀라운 소식을 직원들에게 전했다. 그러고 나서 과장을 보며 이렇게 말했다.

"검토할 게 있으니까 아까 그 서류를 가져오게."

잠시 후, 과장이 그의 앞에 섰다.

"잠깐 기다리게."

과장은 그 앞에서 조용히 기다렸다.

제 21 장
침묵의 웃음

아순시온 노선 우편 항공기가 곧 착륙한다는 신호를 보내왔다. 리비에르는 최악의 시간을 보내면서도 전신 하나하나에 관심을 쏟으며 우편 항공기의 안전한 비행을 확인했다. 그에게는 이것이 오늘 밤의 대혼란에 대항한 그의 신념에 대한 보답이자 증거였다. 순조로운 비행을 알리는 전신이 곧 다른 무수한 비행의 안전을 예고해 주는 것이었다.

'매일 밤 태풍이 부는 것은 아니야.'

리비에르는 이어서 생각했다.

'길을 한번 갈고 닦은 이상 계속 나아갈 수밖에 없지.'

꽃과 정자, 그리고 개울이 흐르는 정원에서 서서히 빠져나오듯, 파라과이에서 여러 기항지를 거친 비행기가 별빛 하나 흔들지 않는 폭풍의 외곽 지역을 미끄러지듯 내려오고 있었다.

여행용 담요를 몸에 두른 승객 아홉 명이 좌석 옆 유리창에 이마를 대고 창밖을 바라보았다. 이 유리창은 보석 진열장처럼 반짝거렸는데, 아르헨티나의 작은 도시들이 별들보다 더 투명한 황금빛을 뿜내며 저마다의 등불을 내걸고 있었기 때문이다.

기수를 잡은 조종사는 산양을 지키는 목자의 눈빛처럼 달빛을 가득 담은 두 눈을 크게 뜬 채 소중한 삶의 무게를 두 손으로 떠받치고 있었다. 부에노스아이레스의 장밋빛 불빛이 지평선을 밝게 비쳤다.

이제 조금 있으면 옛날이야기에 나오는 보물처럼 그 도시의 보석들이 눈부시게 빛을 발하리라. 무선사는 마지막 전신을 보냈다. 무선사가 하늘을 나는 동안 즐겁게 연주하듯 자아낸 그 소리가 리비에르에게는 뜻이 통하는 한 편의 노래와도 같았다. 마치 소나타의 마지막 몇 소절을 연주하는 듯했다.

마침내 무선사는 안테나를 올렸다. 몸을 살짝 펴고 기지개를 켜며 하품을 하더니 이내 입가에 미소가 어렸다. 드디어 도착한 것이었다.

유럽행 우편 항공기 조종사가 양손을 주머니에 찌른 채 자신의 비행기에 등을 기대고 서 있는 모습이 보였다.

"자네가 이어서 가나?"

"그렇다네."

"파타고니아 노선 우편 항공기는 도착했어?"

"더 이상 기다리지 않기로 했다네. 행방불명인 거지. 날씨는 좋은가?"

"아주 좋아. 그러니까 파비앵이 행방불명이란 말인가?"

그들은 그 일에 대해 더 말하지 않았다. 속 깊은 동지애를 가진 그들 사이에선 굳이 말이 필요 없었다.

아순시온에서 유럽으로 가는 우편물들을 유럽행 비행기에 옮겨 싣는 동안 조종사는 꼼짝도 하지 않았다. 머리를 뒤로 젖혀 목덜미를 등받이에 기댄 채 별들을 바라보았다. 그는 자신 안에서 무한한 힘이 솟구치는 것을 느꼈다. 그와 함께 기쁨까지 차올랐다.

"다 실었지? 그럼 출발."

누군가의 음성이 들렸다.

조종사는 가만히 있었다. 엔진에 시동이 걸렸다. 조종사는 조종석에 몸을 기댄 채 자기의 어깨로 온전히 비행기 동체의 움직임을 느낄 참이었다.

떠날지 안 떠날지 소문만 무성했는데, 드디어 떠나게 되자 오히려 안심이 되었다. 그가 입을 벌리자 가지런한 치아가 달빛을 받아 혈기 왕성한 야수의 이빨처럼 반짝거렸다.

"조심조심 비행하게. 밤이니까."

동료의 충고가 그의 귀에는 들리지 않았다. 양손을 주머니에 찌르고 구름과 산과 강, 바다를 향해 그는 머리를 젖히고 소리 없이 웃기 시작했다.

　침묵의 웃음이었다. 나뭇잎을 건드리는 약한 바람처럼 웃고 있었지만, 그것은 그를 온전히 뒤흔들어 놓았다. 비록 소리는 나지 않아도 구름과 산과 강, 바다보다도 더 힘이 있는 웃음이었다.

　"자네, 왜 그래?"

　"세상에, 리비에르 소장이 내가 겁을 먹었다고 생각하더라고!"

제 22 장

위대한 승리자

잠시 후면 비행기는 부에노스아이레스의 상공을 날아갈 것이다. 싸움을 다시 시작한 리비에르는 비행기 이륙 소리가 기대되었다. 별빛을 받으며 행군하는 군대의 경쾌한 발자국 소리처럼 비행기 엔진이 부르릉거리다 사라지는 소리를 듣고 싶었다.

리비에르는 팔짱을 끼고 직원들 사이를 지나갔다. 유리창 앞에서 발걸음을 멈추고 귀를 기울였다.

만일 그가 한 번이라도 출발을 중지했다면 야간 비행을 계속해야 할 근거는 사라졌을 것이다. 내일 자신에게 욕을 퍼부을 나약한 자들을 만나기 전에, 리비에르는 또다시 한 무리의 승무원들을 밤의 세계로 올려 보냈다.

승리와 패배는 더 이상 의미가 없었다. 살아 있음이 승패를 재현하는 이미지들을 제치고, 벌써 새로운 이미지들을 보여 줄 준비를 하고 있었다. 승리는 한쪽의 국민을 약하게 만들지만 패배는 또 다른 쪽의 국민을 각성시켰다.

리비에르가 겪은 패배는 어쩌면 진정한 승리에 가까이 다가가기 위한 시작을 의미하는 것일지도 몰랐다. 앞으로 계속 나아가는 것, 그것만이 중요했다.

오 분 후면 무선국들이 기항지 비행장들에게 경보 신호를 보낼 것이다. 전방 1만 5,000킬로미터에 걸쳐 살아 있음을 알리는 떨림이 모든 문제들을 해결해 줄 것이다.

이미 비행기에서는 오르간 연주 소리가 났다.

리비에르는 직원들 사이를 천천히 걸으며 자신의 방으로 걸어갔다. 그의 굳은 시선에 직원들은 약속이나 한 듯이 몸을 숙였다. 무거운 승리를 한 몸에 짊어진 그는 위대한 리비에르, 승리자 리비에르의 모습이었다.

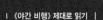
삶의 참 의미를 찾아
어둔 하늘을 높이 날아오르다

강혜원 _ 전 서울 상암고등학교 국어 교사

뒷사람을 위한 이정표,
눈 덮인 길에 찍힌 발자국

조선 시대 임진왜란 때 승려들을 중심으로 의병을 일으켜 바람 앞의 등불과 다름없었던 조국을 지키고자 했던 서산 대사는 이런 시를 남겼다.

> 눈이 덮인 들판의 길을 걸어갈 때 (踏雪野中去)
> 발자국 하나라도 어지럽히지 마라 (不須胡亂行)
> 오늘 내가 남긴 발자국이 (今日我行跡)
> 뒤에 오는 사람들의 이정표가 되리니 (隨作後人程)

훗날 이 시는 독립 운동가 김구 선생을 통해 널리 알려졌다. 승려의 몸으로 떨쳐 일어나 의병을 일으킨 서산 대사의 삶이나, 항일 투쟁에 앞장서고 임시 정부를 지키며 통일 조국을 꿈꾸었던 김구 선생의 삶을 생각하면 절로 옷깃을 여밀 만큼 숙연해진다. 두 사람 모두 개인의 평안한 삶보다는 의무를 성실히 수행하고 대의를 지키는 삶을 선택했다.

자신의 의무와 인간의 존엄성을 지키기 위해 자신을 버리는 행동은 바다에서도 일어났다. 1852년에 영국의 수송선 '버큰헤이드호'가 병사들과 그 가족을 태우고 항해하다가 암초에 부딪히는 사고가 났다. 설상가상으로 풍랑까지 거셌다. 급기야 배는 물에 잠기기 시작했고, 사람들의 목숨은 한없이 위태로워졌다.

구명정은 모두 세 척뿐이어서, 구조될 수 있는 사람은 겨우 180명가량에 불과했다. 그 배의 사령관 시드니 세튼 대령은 병사들을 집합시킨 뒤 부동자세를 취하도록 명령했다. 그리고 여자

위기에 빠졌을 때 '여자와 아이를 먼저' 구하라는 멋진 전통을 세운 버큰헤이드호.

와 아이들을 먼저 구명정에 타게 했다.

버큰헤이드호는 곧 바다 속으로 잠겨들었고, 세튼 대령을 포함한 430여 명의 사람들도 배와 함께 가라앉았다. 구명정을 타고 배에서 가까스로 탈출한 사람들은 눈물을 흘리면서 아버지와 남편이 물속에 잠기는 모습을 지켜볼 수밖에 없었다. 그들은 다행히 그날 오후에 모두 구조되었다.

명령이 곧 죽음을 뜻한다는 걸 빤히 알면서도 기꺼이 명예로운 죽음을 선택한 사람들 덕분에 많은 사람들이 목숨을 구했다. '여자와 아이 먼저', 즉 약자를 먼저 구해야 한다는 '버큰헤이드호의 전통'은 그렇게 세워져서 오늘날까지 전해 내려오고 있다.

그러고 보면 우리 삶 곳곳에서 의무를 지키기 위해, 인간다움을 실현하기 위해 개인의 행복한 삶을 포기했던 사람들이 참 많이 있다. 그런 사람들에게는 삶의 의미가 개인의 행복이나 안일이 아니다. 그들에게 존재의 의미는 다수를 위해서, 혹은 누군가

전 세계에서 1억 부 이상 판매된 《어린 왕자》

《어린 왕자》는 생텍쥐페리의 대표작으로, 작가의 인간애와 섬세한 관찰력이 돋보이는 작품이다. 《어린 왕자》의 비행기 조종사처럼 그는 실제로 항공기를 운행하는 사람이었다. 전쟁과 자본주의, 그리고 근대화를 겪으며 세속화된 세상을 작품 속에 그려낸 작가이기도 했다.

1943년에 출간된 《어린 왕자》 초판본.

《어린 왕자》를 기념하기 위해 만든 우표.

그는 어지럽고 부조리한 세상을 바꿀 수는 없었지만 자신이 동경하고 희망하는 삶을 '어린 왕자'라는 인물로 형상화해 냈다. 그래서 《어린 왕자》에는 이 세상에 남아 있는 마지막 순수와 아름다움이 담겨 있다. 코끼리를 삼킨 보아 구렁이, 사랑과 소유에 대한 여우의 상징적 표현 등을 통해 인간과 사랑의 참 모습을 아름다운 문체로 담아내었다.

《어린 왕자》는 소행성 B612에서 온 어린 왕자와 사막에 불시착한 비행기 조종사인 '나'의 만남에서 이야기가 시작된다. 나는 여러 행성을 여행하기 위해 B612라는 소행성에서 온 어린 왕자가 들려주는 일곱 군데의 행성에 사는 특이한 사람들의 이야기를 통해 진정으로 중요하고 소중한 것이 무엇이며, 책임은 또 무엇인지를 깨닫게 된다.

일본 하코네 어린 왕자 박물관의 '소행성 B612의 어린 왕자' 동상.

소행성에서 지구까지 여행하면서 어린 왕자가 만나는 사람들 즉, 권력을 가진 왕, 허영심으로 가득한 남자, 술꾼, 장사꾼, 가로등 켜는 사람, 지리학자는 세상의 모순을 낱낱이 보여 준다. 그들이 가진 권력, 허망, 자기 학대, 물질 등은 세대를 불문하고 마치 삶의 진리인 듯 포장되어 자리한다. 여행의 종착점인 지구에는 특히 더 많은 모순이 존재한다.

생텍쥐페리의 《어린 왕자》는 '독서하는 사람이라면 반드시 읽어야 할 명작'이라는 말이 있을 정도로 전 세계 독자들에게 큰 인기를 얻었다. 1943년에 출간된 후 지금까지 1억 부 이상 판매된 《어린 왕자》는 세상에서 가장 순수한 영혼을 통해 진정한 삶의 가치와 의미를 깨닫게 해 주는 걸작 중의 걸작이다.

를 위해서 마땅히 해야 할 그 어떤 일을 꿋꿋이 수행하는 것이다. 그 덕분에 역사는 날마다 한 걸음씩 진보의 길을 걸을 수 있었다.

가시덤불을 헤쳐 길을 만든 사람이 있었기에 뒤따르는 사람이 안전하게 걸어갈 수 있듯, 항로를 개척하기 위해 아무도 가지 않은 길을 헤쳐 간 사람이 있었기에 배를 이끄는 바닷길 역시 열린 것이다. 그리고 어두운 하늘을 가로질러 항로를 개척한 사람이 있었기에 우리가 한달음에 먼먼 세계로 날아갈 수도 있다.

하지만 그렇게 살아가는 삶만이 과연 옳은 것일까? 이 질문에 대해서는 고개를 갸웃거리는 사람이 여럿 있을 것이다. 우리의 삶을 따뜻하고 아름답게 만드는 것은 사랑과 온정이기 때문이다. 언제나 마땅히 해야 할 의무만을 추구하기엔 우리의 삶이 너무도 짧고 외롭다. 게다가 개개인의 삶에는 다 나름대로의 이유가 있고 의미가 있지 않은가?

1931년에 발표한 생텍쥐페리의 《야간 비행》은 남아메리카 우편 항공의 세 가지 노선, 즉 칠레 노선과 파타고니아 노선, 파라과이 노선 항공기의 도착을 기다리는 리비에르의 이야기가 한 축, 그리고 파타고니아에서 부에노스아이레스까지 야간 비행을 하며 폭풍우에 휘말리는 조종사 파비앵의 이야기가 또 한 축을 이룬다. 그리고 원칙만을 중요히 여기는 비행장에서 여러 가지 업무를 담당하는 직원들과, 남편을 잃을지도 모른다는 두려움에 빠진 파비앵의 아내 이야기가 사이사이에 섞여든다.

청년 시절의 생텍쥐페리.

《야간 비행》양장본.

이 작품을 읽으며 우리는 인간의 의무, 용기, 사랑 등에 대해 여러 가지 물음을 던지게 된다. 《어린 왕자》로 더 유명한 생텍쥐페리의 실제 경험담이 고스란히 녹아 있는 이 작품은 남아메리카 우편 항로가 시작된 1920년대 말을 배경으로 하고 있다. 작가는 실제로 프랑스 항공사에 입사하여 남아메리카 우편 항로를 개척하는 일을 맡아서 진행했다.

그해에 《야간 비행》은 콩쿠르상과 메디치상을 수상했다. 그뿐 아니라 프랑스 3대 문학상으로 불리는 페미나상까지 수상함으로써 명실공히 프랑스 문학에서 걸작 중의 걸작으로 자리 매김하였다. 우리나라에서는 2004년에 황석영 작가가 쓴 《손님》이 페미나상의 수상작 후보로 오른 적이 있다.

그러면, 이제 새하얀 눈길에 뒷사람을 위해 첫 발자국을 내딛는 심정으로 《야간 비행》의 작품 세계 속으로 들어가 보자.

비행 항로를 여는 개척자들

파비앵은 파타고니아 노선 우편 항공기를 조종하며 부에노스아이레스를 향하고 있다. 날씨는 맑았고 밤하늘은 아름다웠으나 예상하지 못했던 폭풍우를 맞닥뜨리게 된다. 야간 비행 우편 항로의 책임자인 리비에르는 부에노스아이레스에서 유럽행 우편 항공기를 출발시키기 위해 파타고니아, 칠레, 파라과이 노선의 세 우편 항공기를 애타게 기다린다.

파타고니아의 지명을 마젤란이 지었다고?

파타고니아는 남아메리카 남부 콜로라도 강 이남 지역을 통틀어서 부르는 지명으로, 아르헨티나령과 칠레령으로 나뉜다. 아르헨티나 영토에 속하는 파타고니아는 네우켄, 리오네그로, 추부트, 산트크루즈, 피에라델푸에고, 그리고 부에노스아이레스, 멘도사, 라팜파 지방의 가장 아랫부분이다. 칠레 영토에 속하는 파타고니아는 로스라고스 지방의 아랫부분과 아이센, 마갈라네스 지방 전체이다. 면적은 우리나라(남한)의 약 10배쯤 된다. 안데스 산맥을 경계로 서쪽인 칠레 지역은 피오르드 해안이고, 동쪽인 아르헨티나 지역은 평원과 사막이다. 1981년에는 유네스코가 세계 문화유산으로 지정하였다.

'파타고니아'라는 지명의 유래는 1520년으로 거슬러 올라간다. 탐험가 F. 마젤란이 남아메리카 대륙의 남쪽 끝인 마젤란 해협을 통과하기 전, 서양인 최초로 파타고니아 지역에 머무르게 된다. 그때 마젤란의 대원들이 원주민들과 어울리게 되는데, 항해 기록을 살펴보면 원주민들은 키가 매우 커서 선원들의 키가 그들의 허리께에 이를 정도였다고 한다. 특히 발이 엄청나게 컸으며, 얼굴은 불그스레했고, 눈 주위에는 노란 원이 그려져 있었다. 원주민들은 순진하고 친절했으며 식욕이 엄청났다. 마젤란 함대는 새로운 동식물이나 광물 자원을 채취하는 임무와 다른 인종을 생포하는 임무를 맡고 있었다. 원주민 두 명을 잡아서 창고에 가두어 두었는데, 먹을 것을 주지 않아서 그만 굶어 죽었다고 한다.

'파타고니아'는 마젤란이 원주민의 발자국을 보고 '커다란 발'이란 뜻으로 지은 이름이다. 원주민 말로는 '황량한 해안'을 뜻하기도 한다.

《야간 비행》에 따르면, 파타고니아 노선은 마젤란 해협에서 부에노스아이레스까지 약 2,500킬로미터의 비행 노선이다. 출발지부터 목적지까지 비슷한 구조의 기항지들이 일정한 간격으로 배치돼 있다.

파비앵의 비행 경로를 따르면 마젤란 해협－산 줄리안－트렐레우－코모도로－산 안토니오－바이아블랑카 부에노스아이레스로 이어진다. 파타고니아 고원을 끼고 바닷가로 이어지는 도시들이 파비앵이 거쳐 가야 하는 기항지인 셈이다.

아르헨티나령 파타고니아의 평원.

칠레령 파타고니아의 피오르드 해안.

그러는 한편, 규정을 어긴 사람들을 문책하기 위한 서류를 작성한다. 얼마 뒤, 아르헨티나 최초로 비행기를 조립한 로블레는 리비에르로부터 권고사직 통보를 받는다. 리비에르로부터 잡역부로 일하게 해 주겠다는 제안을 받지만 자존심이 허락지 않아서 끝내 거절한다.

칠레 노선 우편 항공기를 운행한 펠르랭은 무사히 부에노스아이레스 비행장에 착륙한다. 리비에르는 겉으로 내색을 하진 않지만 초조한 마음으로 다른 두 우편 항공기의 귀환을 기다린다.

한편, 파비앵은 어떻게든 폭풍우 아래로 지나가려 하지만, 부에노스아이레스까지 사방에서 폭풍우가 휘몰아치고 있다는 전신을 받는다. 엎친 데 덮친 격으로 휘발유까지 얼마 남아 있지 않은 상황이다. 그 시각, 파비앵의 아내는 남편의 안전을 걱정하며 불안해하다가 리비에르를 만나기 위해 사무실로 찾아간다. 하지만 리비에르 역시 기다리는 일밖에 아무것도 해 줄 수 없다는 걸

《어린 왕자》에 나오는 바오밥나무의 실제 모습. 바오밥나무는 하도 빨리 자라서 미리 뽑지 않으면 별들을 삼켜 버릴지도 모른다고……

디디에 도라는 누구?

생텍쥐페리는 책의 본문이 시작되기 전에 '디디에 도라에게 바칩니다.'라는 헌정 문구를 넣고 있다. 그런데 디디에 도라는 누구일까? 그는 실존 인물로, 《야간 비행》에 나오는 '리비에르'의 실제 모델이다.

생텍쥐페리는 1926년에 프랑스 툴루즈의 라테코에르 항공사(현재의 에어프랑스)에서 운항부장인 디디에 도라를 만난다. 리비에르처럼 엄격함과 사명감을 지닌 인물이었다고 한다.

실제로 남아메리카 우편 항로 개척의 역할을 맡은 이는 디디에 도라가 아니라 생텍쥐페리 자신이다. 그는 1929년에 남아메리카에서 파타고니아까지의 항로를 개척한다. 1931년에 여러 가지 사정으로 디디에 도라가 회사를 그만두자, 생텍쥐페리는 동료 몇 명과 함께 회사를 떠난다. 디디에 도라는 그만큼 부하 직원들에게 신망이 두터웠던 것이리라.

생텍쥐페리가 근무했던 항공사의 운항 부장이자, 《야간 비행》에 나오는 리비에르의 실제 모델인 디디에 도라.

확인하고 깊은 슬픔에 빠진다.

　어둠 속에서 빛을 찾아 헤매던 파비앵은 함정이라고 생각하면서도 별빛을 따라 어두운 하늘 위로 올라가 엄청나게 밝은 빛을 만난다. 어둠 위는 생각 외로 밝고 잔잔하다. 그러나 연료는 떨어져 가고 부에노스아이레스 비행장과의 연락은 아예 끊겨 버린다.

　파비앵의 무사 귀환을 바라며 이런저런 생각에 젖어 있으면서도, 리비에르는 한 치의 흔들림 없이 자기 일을 꼼꼼히 처리하면서 밤을 보낸다. 파라과이 노선의 우편 항공기는 곧 도착하지만, 파타고니아 노선의 파비앵은 끝내 돌아오지 않는다.

　리비에르는 다음 비행기에 우편물을 실으면 된다고 생각하며 유럽행 우편 항공기의 출발을 지시한다. 성공과 실패가 있지만 야간 비행은 앞으로도 계속될 것이며, 한번 길을 닦아 놓으면 그 길을 따라가지 않을 수 없다고 생각하면서……

대개의 소설에서는 인물과 인물이 유기적으로 얽혀 갈등을 빚으며 사건을 전개한다. 그러나 이 작품에 등장하는 인물들은 서로 얽히기보다는 각자의 삶을 병렬식으로 보여 주고 있다.

그 가운데에서 우리에게 뚜렷하게 다가오는 인물은 파비앵과 리비에르이다. 어둠과 폭풍우 속에서 자기가 가야 할 길을 찾아 헤매는 조종사 파비앵과, 갖은 우여곡절에도 특유의 냉정함을 잃지 않은 채 유럽행 우편 항공기를 끝내 출발시키는 리비에르의 모습이 겹쳐서 나타난다.

한 사람은 명령을 수행하는 입장에 있고, 또 한 사람은 지시를 내리고 책임을 져야 하는 입장에 있다. 두 사람은 서로 하는 일은 다르지만, 어둠 속에서 자기 삶의 의미를 찾아서 올곧게 외길을 간다는 점에서는 공통점을 지닌다. 결국 두 사람 속에 작가의 삶과 추구하는 인간상이 고스란히 투영돼 있다고 할 수 있다.

어둠 속에서 빛을 찾으며

이 작품의 그 어디에도 조종사 파비앵이 무엇을 지향하고 있는지, 어떤 가치를 위해 헌신하는지 분명하게 나타나 있지 않다. 그러나 우리는 그의 비행 과정을 통해서 파비앵이라는 인물이 지니는 의미를 읽어 낼 수 있다. 그가 비행기를 조종하는 시점은 어둠이 깔리기 시작하는 때다. 이 작품의 제목처럼 '야간 비행'을 하는 것이다. 불안한 삶에 한 발을 내딛듯, 그는 어둠 속으로 서

고대 페루 잉카 제국의 태양신 신전

《야간 비행》에서 파비앵의 아내가 불안한 마음으로 다녀간 뒤, 리비에르는 파비앵의 죽음을 예감하며 인간의 생명보다 더 존귀한 무엇인가가 있지 않을까 생각한다. 그 소중한 가치가 무엇인가를 생각하며 그는 고대 페루 잉카족의 태양신 신전을 떠올린다. 숱한 사람의 목숨을 앗아 가며 만든 거대한 문명의 자취, 즉 인류의 보물에 대해 생각하는 것이다.

잉카 문명은 남아메리카 페루 남부 쿠스코 분지를 중심으로 15~16세기 초까지 번성했던 잉카 제국의 문화를 말한다. 케추아족이라고도 불리는 잉카족은 태양신을 섬겼으며 농경 중심의 사회였다. '잉카'는 태양의 아들이라는 뜻으로 황제를 뜻하기도 한다.

작품 속에서 리비에르가 말하는 태양신 신전은 마추픽추 안에 있는 신전을 가리키는 듯하다. 사람의 발길이 닿지 않는 안데스 산중에 해발 4,570m 높이로 우뚝 솟은 바위산……. 그 중턱에 1만여 명이 살았던 비밀 도시가 있었다. 잉카인들이 흙과 돌을 지고 날라 이곳에 도시를 세운 것이다. 도시는 신전과 궁전, 주거 지역, 각종 작업장, 학교, 해시계, 그리고 3m씩 오르는 계단식 밭이 40단 있다. 이 모든 것은 3천여 개의 돌계단으로 연결되어 있다.

1911년에 미국의 하이럼 빙엄이 잉카 제국의 마지막 수도였던 빌카밤바를 찾기 위해 탐험에 나섰다가 극적으로 발견했으며, 유네스코 세계 문화유산으로 등재돼 있다.

중국의 만리장성, 인도의 타지마할 등과 함께 세계의 7대 불가사의라 불릴 만큼 신비로움이 넘치는 마추픽추! 이 도시를 건설하기 위해 수많은 사람들이 생명을 잃었다. 그들이 지고 나른 돌의 무게가 50톤이 넘는 것도 있었다고……. 그들은 대체 그 무엇을 찾아, 그 어떤 의미를 안고 이 무거운 돌들을 들어올렸을까? 자기 존재를 표시할 빛살을 한 줄기나마 세상에 빛내고자 했던 것일까?

마추픽추 태양의 신전.

마추픽추 고대 도시의 주거지 건물들.

유럽의 화폐가 유로화로 통일되기 전까지 프랑스에서 유통되던 지폐로, 생텍쥐페리의 얼굴이 담겨 있다.

《야간 비행》의 발간을 기념하기 위해서 만든 우표.

서히 들어간다.

그러나 파비앵에게 어두운 하늘을 비행하는 일은 두려움 속으로 들어가는 일이 아니다. 그는 하늘을 '자신을 반갑게 맞이해 주는 드넓은 정박지'라고 생각한다. 또 이 도시 저 도시로 비행하는 자신을 '이 양 떼 저 양 떼로 천천히 옮겨 다니는 목동'이라고 여긴다. 이처럼 파비앵은 야간 비행을 사랑한다.

첫 기항지인 산 줄리앙에 착륙했을 때 이미 천둥 번개가 치고 있었을뿐더러 마을의 불빛에 잠시 마음이 쏠리지만 다시 어둠을 향해 망설임 없이 전진한다. 다음 기항지에서 날씨가 맑다는 일기 예보를 해 주기도 했지만, 그보다는 부에노스아이레스가 자신의 목적지였기에…….

하늘을 자신의 정박지로 생각하는 파비앵의 모습을 보면서 문득 우리의 정박지는 어디인지 궁금해진다. 파비앵이 위험 속에서 자신의 목적지를 향해 가듯, 우리도 스스로 보람을 느낄 수 있는 그 어떤 일을 발견하면 위험 속에서도 꿋꿋하게 목적지까지 나아가게 될까?

파비앵이 등장하는 부분에서 우리는 줄곧 어둠과 빛에 대한 그의 상념을 읽게 된다. 파비앵은 빛을 어둠 속에서 자신의 존재를 알려 주는 신호라고 생각한다. 또한 빛은 자신을 지상에 붙잡아 두는 작은 위안이라 생각하기도 하고, 인간의 욕망과 걱정을 담고 있는 것이라 보기도 한다. 어둠 속에서 반짝이며 살아 있음을 표시하는 것이 결국 빛인 셈이니까.

지상의 집들은 바다를 향해 등대 불을 켜듯이, 거대한 밤을 향해 각자의 별에 불을 밝히면서 빛의 부름에 대답했다. 인간의 삶을 감싸고 있던 모든 것들이 반짝거리기 시작했다.

저 농부들은 등불이 그저 볼품없는 탁자를 비출 뿐이라고 생각하겠지만, 그들에게서 80킬로미터쯤 떨어진 곳에서는 그 빛이 보내는 신호를 고스란히 듣는 사람이 있는 것이다. 그것은 마치 무인도에 표류한 농부들이 바다를 바라보며 등불을 절박하게 흔드는 것과 다름없다.

빛을 의미 있게 만드는 것은 어둠이다. 야간 비행을 위해 어두워 가는 하늘로 날아가는 것을 두려워하지 않는 파비앵의 모습에서 어둠을 삶의 한 부분으로, 그리고 삶의 터전으로 생각하고 있음을 알 수 있다.

어둠을 뚫고 꿋꿋이 목적지를 향해 가는 야간 비행기는 농가의 불빛처럼 빛을 내며 자신이 존재하고 있음을 세상에 알린다. 이렇게 우리는 어둠이라는 삶의 터전에서 지상의 불빛과 하늘의 불빛을 발견한다. 지상의 불빛과 하늘의 불빛 모두 자기 존재를 증명하는 신호인 셈이다. 지상의 불빛이 일상적인 삶이라면 하늘의 불빛은 새로운 것을 개척하는 삶이다. 지상의 불빛이 따뜻한 손길이 스민 위안의 불빛이라면 하늘의 불빛은 앞으로 나아

가야만 하는 당위의 불빛이다.

마지막 순간, 암흑 속에서 목마르게 빛을 찾던 파비앵은 별빛에 이끌려 더 높은 곳으로 올라간다. 그리고 그의 죽음을 암시하는 듯한 표현이 이어진다. 그쪽으로 올라갔다가는 다시 하강하지 못하고 별들에게 걸려들어 영원히 그곳에 머물게 되리라는······.

등대지기의 외로운 삶

하늘에서 파비앵이 외롭게 싸우는 동안, 지상에서는 리비에르가 상황과 자신에 맞서 싸우고 있다. 리비에르는 오랜 세월을 무거운 책임과 성실함 속에서 살아온 사람이다. 그는 자신을, 병든 아이가 있는 집안의 가장에 빗대어 생각하며, 등대를 홀로 지키는 등대지기를 떠올린다. 그만큼 그는 자신이 감당해야 할 책임과 의무를 묵묵히 지고 살아가는 셈이다.

1939년에 《바람, 모래, 별》의 영문판이 발간된 직후, 미국 뉴욕 맨해튼을 방문한 생텍쥐페리.

리비에르는 원칙주의자이다. 제아무리 외부적인 상황이 있었다고 해도 늦게 출발한 조종사에게는 특별 수당을 주지 않는다. 비행기 조종사가 동체를 손상시키면 그만큼 배상하게 한다. 그것이 규칙이고, 규칙이야말로 인간을 제대로 교육시킬 수 있다고 믿는다.

꽃과 별, 그리고 어린 왕자를 테마로 한
프랑스 문화 마을, 가평 쁘띠프랑스

경기도 가평군 청평면 고성리, 즉 청평댐에서 남이섬 방향 호숫가 근처에 쁘띠프랑스가 자리하고 있다. 한눈에 봐도 이국적이고 신비로운 분위기를 느낄 수 있도록 '꽃과 별, 그리고 어린 왕자'라는 캐치프레이즈 아래 프랑스 남부 지방 전원 마을의 분위기를 재현하여 지은 테마 파크이다.

'어린 왕자'를 테마로 한 전시관 및 생텍쥐페리 소개관 등을 개관하고, 전 단지를 어린 왕자에 나오는 에피소드로 테마화했으며, 프랑스 생텍쥐페리 재단으로부터 공식 라이선스를 받았다.

쁘띠프랑스에 있는 생텍쥐페리 기념관.

생텍쥐페리의 일생과 그의 대표작인 어린 왕자를 그려 놓은 생텍쥐페리 전시관에서는 작가의 고뇌의 흔적들 속에서 그가 갈망하던 동심의 세계를 떠올려볼 수 있다. 그 외에도 프랑스 전통 주택관, 드라마 〈베토벤 바이러스〉의 강마에 기념관 등 이색적인 볼거리를 선사한다.

요즘에는 SBS 수목 드라마 〈별에서 온 그대〉의 촬영지로 유명세를 타고 있다. 드라마는 이미 종영을 했지만, 날마다 많은 이들이 방문해 도민준과 천송이의 사랑을 반추하고 있다. 쁘띠프랑스에서 만든 공중부양 포토존에서 천송이가 하늘을 나는 듯한 사진을 찍으며 행복한 시간을 보내고 있다는 소문이다.

생텍쥐페리 기념관 내부.

쁘띠프랑스의 주인공, 어린 왕자와 사막여우.

비행기를 조종하고 있는 생텍쥐페리.

그는 가혹하리만치 엄격하다. 작은 불성실이 큰 문제를 일으킬 수 있다고 믿기에 작은 실수나 과오에 대해 가차 없이 처벌을 한다. 아르헨티나 노선 초창기에 비행기를 조립했다는 긍지로 살아가는 로블레라는 인물을 회사에서 모질게 퇴출시켜 버리는 모습이 그 단적인 예이다.

오랫동안 회사에서 일하며 공적을 세운 사람이지만 비행에 차질을 주는 실수를 저질렀기에 징계해야 한다는 것이다. 물론 그동안의 공로를 고려하여 잡역부로 일하게 해 주겠다는 제안을 하지만, 명예로움이 중요한 로블레에겐 그 제안조차도 가혹하게 느껴진다. 로블레는 자존심과 체면 때문에 그 제안을 거절한다.

리비에르도 인간인지라 그의 권고사직 문제를 두고 고민에 빠진다. 그러나 어떤 문제가 누군가의 잘못으로 일어났다면 징계하는 것이 옳다고 결론을 내린다. 그래야 또 다른 문제가 생기지 않고, 다른 일들도 제대로 굴러간다고 판단하는 것이다.

또한, 그는 회사에서의 인간관계는 엄격한 체계가 있어야 한다고 생각한다. 명령과 지시를 내리는 사람과 그것을 성실히 수행하는 사람 사이의 질서를 강조하는 것이다. 조종사 펠르랭과 친해지고자 하는 감독관 로비노를 불러 질책하며 충고하는 모습이 바로 그 예이다.

상사는 부하에게 명령을 내려야 하는 입장이기 때문에 개인적인 감정이 생기면 안 된다는 것이다. 로비노로 하여금 펠르랭에게 감독관으로서 합당한 이유를 찾아 처벌을 하도록 지시하는 대목 역시 그의 엄격함을 고스런히 드러내 보인다고 할 수 있다.

그는 인간이 나약함을 딛고 자신의 의지를 군건하게 해야 한다는 신념을 가지고 있다. 거대한 힘 앞에서 금세 무기력해지는 사람일수록 그 거대한 힘과 어둠 속으로 다시 들여보내 스스로의 힘으로 당당하게 벗어나도록 해야 한다고 믿는다.

저들을 강한 삶 속으로 밀어 넣어야 한다. 그래야 고통과 기쁨을 제대로 훈련할 수 있다. 그것만이 유일한 가치를 지녔으니까.

어찌 보면 냉혹하게 보이는 리비에르에게 작가는 존경심을 보내고 있다. 리비에르가 자신의 삶이나 현실에 회의하는 모습이 이따금 나오긴 하지만, 그는 자신의 신념에서 결코 벗어나지 않는다. 생텍쥐페리는 리비에르를 그 어떤 인물보다 생생하게 묘사하며 최후의 승리자로 그려내고 있다. 리비에르의 모델이라고 알려진 디디에 도라에게 이 책을 헌정한 작가의 뜻이 리비에르라는 인물 속에 그대로 구현되고 있는 셈이다.

개인의 행복을 뛰어넘는 그 무엇, 공익

우리는 이 작품을 읽으며 자연스럽게 개인이 행복과 공익의 상관관계에 대해 생각하게 된다. 여러 등장인물들이 개인적인 행복을 빼앗기고 불행에 빠진다. 야간 비행이라는 커다란 흐름에 치여 버린 셈이다.

파비앵은 위험을 무릅쓰고 야간 비행을 감행하다가 행방불명이 되고 만다. 그 바람에 그의 아내 시몬은 남편을 잃는다. 시몬

파비앵의 아내에게서 콘수엘로의 향기가 난다

《야간 비행》에서 부에노스아이레스에서 사랑하는 남편이 돌아오기를 애타게 기다리는 파비앵의 아내 시몬. 정찰 중 비행기 추락으로 행방불명된 생텍쥐페리를 향해서 보내지 못하는 편지를 썼던 콘수엘로. 한 사람은 허구 속 인물이고, 또 한 사람은 실제의 인물이다. 하지만 둘은 구분하기가 힘들 정도로 닮아 있다.

생텍쥐페리의 아내 콘수엘로는 두 차례 이혼 경험이 있는 아르헨티나 여인이다. 두 사람은 부에노스아이레스의 한 연회에서 처음 만났다. 콘수엘로는 그날 저녁에 생텍쥐페리의 비행기에 올라 하늘을 날면서 청혼을 받는다. 마치 영화의 한 장면처럼.

생텍쥐페리가 첫눈에 반했던 콘수엘로.

결혼식 때 눈물을 흘린 사람은 신부가 아니라 신랑 생텍쥐페리였다. 두 사람의 결혼을 마땅치 않게 여기던 어머니가 결혼식에 끝내 참석하지 않았기 때문이다. 생텍쥐페리는 옆에 서 있는 신부를 보면서 어머니의 마음을 이해하려 애썼다. 신부는 전남편의 상중이어서 검은 드레스를 입었다. 생텍쥐페리에게는 콘수엘로가 첫 아내였지만, 그녀에게는 그가 세 번째 남편이었다.

이 이야기는 나중에 《생텍쥐페리의 전설적인 사랑》이란 제목의 책으로 출간되었다. 이뿐 아니다. 《남방 우편기》에서 자크는 사랑하는 여인과 함께 사랑의 도피를 감행했다가 돌아온다. 자신과 콘수엘로의 이야기처럼. 실제로 《남방 우편기》는 그가 콘수엘로와 결혼했던 1929년에 발표되었다. 생텍쥐페리의 작품들은 어쩌면 그의 삶과 이리도 많이 닮아 있는지 신기할 정도이다.

생텍쥐페리와 콘수엘로의 결혼 사진.

콘수엘로와의 사랑과 결혼 생활을 담은 책
《생텍쥐페리의 전설적인 사랑》의 표지.

은 이 작품에서 따뜻함과 위안, 일상의 행복을 대변하는 인물이다. 남편의 비행을 걱정하고, 남편이 돌아와 따뜻하게 먹고 입을 수 있도록 미리 준비를 한다. 우리들 대부분이 위로와 평안을 느끼는 개인적인 행복의 세계가 여기에 있다.

리비에르는 시몬의 방문에 응대하면서 개인적인 행복과 자신의 업무에 대해 생각한다. 그가 하는 일은 개인적인 행복과 공존할 수 없는 일이라고 여기면서. 그는 시몬의 세계 역시 인정해야할 절대적인 하나의 세계로 보고 있다. 밝은 빛이 비추는 세계이며, 희망과 부드러움이 갖춰진 세계, 추억을 이루어 내는 세계라고. 그것은 개인에게 너무나도 소중한 세계이다. 만약 희생이 뒤따르는 일을 하지 않았다면 행복하게 살아갈 수도 있을 것이라고 생각한다. 그러나 그 행복은 곧 스러지리라고 여긴다.

리비에르는 자신이 하는 일 역시 절대적인 의미가 있다고 생각한다. 왜 남편이 돌아오지 않느냐고, 달리 말하면 왜 개인의 행복이 이렇듯 무참하게 부서져야 하느냐는 시몬의 항변은 타당하지만, 리비에르의 업무 역시 진실이며 의미가 있다는 것이다. 작가 역시 리비에르의 시선을 통해서, 그가 추구하는 일들은 인간적이지 않은 듯 보이지만 엄연한 진실과 가치를 지니고 있음을 힘주어 말한다.

어느 날, 교량 건설 현장에서 인부 하나가 큰 부상을 당했다. 그 소식을 들은 정비사가 리비에르에게 이렇게 말했다.

"한 인간의 얼굴을 저렇게 묵사발로 만들면서까지 다리를 놓을 가치가 있을까요?"

그런데도 다리는 건설되고, 사람들은 그 다리를 건너 다녔다. 정비사는 다시 이렇게 덧붙였다.

"공익이란 결국 개인적인 이익들이 모여서 이루어지는 거죠. 그 외엔 아무것도 정당화되지 않습니다."

떨리는 목소리의 시몬과 통화한 후, 상념에 잠기는 리비에르의 머리를 스치던 기억의 한 자락이다. 파비앵의 생명은 사라질 운명이기에, 사랑하는 남편을 기다리는 시몬의 불행은 거의 확정적이다. 비행 항로를 새롭게 개척하는 것은 분명 의미 있는 일이다. 설령 개인의 불행과 희생을 딛고 만들어진 것이지만, 공익적인 일로서 많은 사람에게 행복을 줄 수도 있다. 그렇다고 해서 인간의 생명을 희생하고 이뤄야 할 만큼의 가치가 있는 것일까?

우리도 기술자와 같은 물음을 던지게 된다. 다른 사람의 생명을 앗아 가면서까지 업적을 세우는 것이 의미 있는 일인가? 공익이란 개인의 이익에 반하는 것인가, 아니면 개인의 이익이 모여서 이루어지는 것인가?

지금까지 사람들은 이 같은 문제에 대해 여러 가지 답을 내놓았다. 개인의 행복과 이익이 그 무엇보다 우선한다는 개인주의 입장이 있다. 그러다 보니 개인의 행복 추구는 다른 사람의 불행과 맞닿아 있기도 하다. '최대 다수의 최대 행복'이라는 말로 대

《어린 왕자》의 '첫 번째 별 325호 이야기'를 형상화한 벽화와 동상(경기도 가평 쁘띠프랑스).

표되는 공리주의는 사회를 개인의 총합이라고 보았다. 개인을 존중하지만 다수에게 이익이 되는 사회 전체의 이익을 추구한다는 입장이다. 개인의 행복보다 사회 전체의 이익을 우선시하여, 개인의 희생을 감수해야 한다는 전체주의 입장도 있다.

2009년에 생텍쥐페리를 기리고자 스위스의 유명 시계 브랜드 IWC가 '빅 파일럿 앙투안 드 생텍쥐페리' 에디션을 출시했다. IWC는 시계 판매 수익금의 일부를 자선 단체에 기부해 훈훈한 감동을 자아냈다.

무엇을 우선시하는가는 위의 세 가지 입장이 다 다르지만 사회를 바라보는 입장에는 공통점이 있다. 사회는 개인들이 모여 이뤄졌다는 생각이다. 이와 달리 사회는 사회를 구성하는 개인과 관계없는 나름대로의 성질을 가지며, 사회는 개인에게 커다란 영향을 끼친다는 입장도 있다.

우리의 경험으로도 개인과 공익의 관계는 한 가지 답이 아니다. 때로 개인은 대의를 위해 희생하기도 하고, 공익이라는 이름으로 희생당하기도 한다. 개인의 이익이 공익과 이어지기도 하고 충돌하기도 한다. 어쨌든 우리는 순간순간 주어지는 상황 속에서 우리의 갈 길을 선택해야 한다.

위의 이야기는 좀 더 이어진다.

나중에 리비에르는 그 정비사에게 되물었다.

"인간의 목숨이 가치를 매길 수 없을 만큼 소중하다 해도, 우리는 늘 생명보다 더 존귀한 무언가가 있는 것처럼 생각하며 행동하지 않는가? 만약에 진짜로 그런 게 존재한다면 그것의 정체는 무엇일까?"

문학으로 사회를 개조하자, 행동주의 문학

《야간 비행》은 흔히 행동주의 문학이라 일컬어진다. 행동주의 문학은 제
1차 세계 대전 후 1920년대 말에서 1930년대에 걸쳐, 프랑스에서 대두한
새로운 경향의 문학 흐름을 말한다.

그 전까지의 문학 작품은 대부분 중류 계급의 안온한 생활을 배경으로 인
간의 내면세계를 묘사한 것이 주류를 이루었다. 하지만 제1차 세계 대전
후 잇따른 경제 공황과 나치의 집권, 파리의 폭동 및 좌우 정치 세력의 충
돌 등의 시대 흐름 속에 감춰진 위기를 의식하고 근원적 고독과 부조리에
맞서 새로운 윤리를 모색하려 하였다.

행동주의 문학의 대표 작가,
앙드레 말로.

불안해질 대로 불안해진 사회 분위기에 질식할 것만 같았던 당시의 유럽
지식 계급이 불안한 심리를 문학에 투영함으로써 작품을 통한 사회 참여
를 꾀했다. 결국 '인간성의 행동적 인식'에 목적을 두고 현대적인 불안과
절망을 행동을 통해 해결하려 한 셈이다. 그와 더불어 허무주의에 대한
비판과 문학을 통해 사회를 바로세우기 위해 재건 의식이 대두되었다.

이들은 '죽음이 엄숙하게 지배하는 세계'에 뛰어들어 자기 극복에 의한
정신 단련을 목표로 하였으며, A. 말로, 생텍쥐페리, H. 몽테를랑, J. 프레
보, L. F. 셀린 등이 대표적인 작가로 꼽힌다.

앙드레 말로가 쓴 행동주의 문
학의 대표작《인간의 조건》.

말로는 중국 혁명과 에스파냐 내전 경험을 바탕으로《정복자》(1928),《인
간의 조건》(1933),《희망》(1937) 등을, 생텍쥐페리는 비행사라는 위험한
직업의 경험을 생생하게 살린《야간 비행》(1931),《전투 조종사》(1942),
《인간의 대지》(1939) 등을, 몽테를랑과 프레보는 스포츠의 의의를 강조하
여 각각《올림픽》(1924)과《스포츠의 즐거움》을 썼다.

이 행동주의 문학은 제2차 세계 대전이 끝난 후에 J. P. 사르트르, A. 카
뮈, S. 보부아르 등의 실존주의 문학자들에게 계승되어 사회 참여 문학의
기반을 다졌다. 이 가운데서 대표격인 사르트르는 전쟁 체험을 통하여 진
정한 자유를 얻어야 하며, 진정한 존재의 완성은 역사·사회 및 현실에 참
여함으로써 획득하여야 한다고 주장했다.

한편, 우리나라에서는 1935년경에 이헌구, 홍효민, 함대훈 등의 작가가
행동주의 문학을 지지하며 활발히 작품 활동을 펼쳤다.

생텍쥐페리의 자전적 소설《인
간의 대지》.

우리는 이 부분에서 개인의 행복을 뛰어넘으며 공익이라는 가치조차도 뛰어넘는 작가의 모습을 발견한다. 그 '무엇'은 더 지속적인 것, 인간이 가진 그 무엇인가를 구해 내기 위한 일이다.

생텍쥐페리가 《어린 왕자》를 집필한 책상. 책상 위에 《어린 왕자》에 나오는 그림이 그려져 있다.

대체 그 '무엇'은 무엇일까? 리비에르는 그것이 사랑보다 중대한 의미라고 말한다. 어쩌면 또 다른 사랑의 모습이라고 생각한다. 그것이 대체 무엇일까? 인간이 줄곧 추구하는 '삶의 의미', '진정한 삶의 가치', '숭고한 이상', '숭고한 의무' 같은 것일까?

한 편의 시를 읽듯 존재의 의미를 찾다

이 작품의 서사 구조는 단순하다. 한 대의 비행기가 폭풍우를 만나 행방불명이 되고, 그 비행기를 기다리다가 유럽행 우편 비행기를 출항시키는 것이 이야기 얼개의 전부이다. 그러나 생생한 묘사와 절묘한 표현들은 마치 한 편의 시를 읽는 듯 아름답다. 곳곳에서 인생과 인간의 의미를 통찰하게 하는 표현들이 스며있다.

특히, 비유를 통해서 인생의 의미와 인물들의 가치관을 생각하게 하는 대목에서는 감탄을 자아낸다. 그런 뜻에서 비유를 통해서 작가가 우리에게 전하는 메시지들을 찾아보자.

인생이란 예측할 수 없는 것이다

파타고니아 노선 우편 항공기에 탔던 무선사는 날씨가 맑을 거라는 예보를 들었으니 산 줄리안에 머물지 않겠다는 파비앵의 이야기를 듣고 이런 생각을 한다. '과일 속에 벌레가 숨어 있듯 어딘가에 폭풍우가 있을 것'이라고. 우연인 듯한 그의 생각은 실

제로 폭풍우를 만나며 기정사실이 되어 버린다. 어디 날씨만 그러하랴. 우리 인 생이란 아름다운 듯 보이지만 곳곳에 고 통이 숨어 있고, 잘 굴러가는 듯하지만 뜻밖의 함정을 만난다.

존재하는 것들은 모두 자기 존재의 의미를 찾고 싶어 한다

도시의 불빛을 바라보며 파비앵은 그 것이 삶의 신호라고 여긴다. 그리고 그 불빛에 화답이라도 하듯 비상등을 켰다 껐다 하며 자기 존재를 알린다. 자신도 어두운 밤하늘에서 존재의 빛을 발한 것 이다.

작은 것들이 때로 거대한 것을 무너뜨린다

생텍쥐페리 생가 앞에 서 있는 동상. 높다란 사각 기둥 위에서 생텍쥐페리와 어린 왕자가 같은 곳을 바라보고 있다.

리비에르는 직원의 실수를 단호하게 응징하며 작은 칡덩굴이 얽히고설켜 신 전을 무너뜨리는 모습을 상상한다. 이 비유는 작은 실수가 일 전체에 차질을 주고 지속적으로 진행되어야 할 일을 방

야간 비행 조종사들의 목적지, 부에노스아이레스

부에노스아이레스는 스페인의 귀족 출신인 페드로 데 멘도사가 1536년에 건립하였다. 초기에 이곳이 도시로서의 모습을 제대로 갖추기까지는 골치 아픈 문제가 많이 있었다. 지독한 가난에다 원주민 인디언들의 잦은 침입으로, 초기 정착민들은 1573년에 멘도사가 세운 아순시온의 상류 지역으로 피난을 가야 하기 일쑤였다. 그리고 나서 사십 년이 흐른 뒤에야 환 데 가라이의 손에 의해 제대로 된 도시의 모습을 갖추게 되었다.

시작은 더없이 불운했으나 발달을 거듭해 온 덕분에 지금은 라틴아메리카에서 가장 활기차며 인구가 많은 도시로 손꼽힌다. 유럽 사람들이 많이 이주한 탓에 전체적으로 유럽의 풍취가 진하게 풍기고 있다. 특히 1929년에는 유명한 프랑스의 건축가 르 코르뷔지에가 '욕망의 힘이 넘치는 거대한 도시'라는 찬사까지 하였다.

부에노스아이레스의 면적은 약 200km², 인구는 1,200만 명가량으로 광활한 라플라타 하구에 자리하고 있는 항구 도시이다. 부에노스아이레스는 연평균 기온 17℃의 전형적인 온대성 기후로 삼한사온의 온도 변화를 보인다. 부에노스아이레스의 가을 하늘은 맑기로 세계적으로 유명하다. 여름은 무더우나 찌는 듯한 더위는 없고 겨울은 영하로 내려가는 날이 없어 사계절 내내 지내기 참 좋은 곳이다. 약 100여 개의 미술관과 극장, 박물관, 연주회장이 몰려 있는 문화의 중심지로 남미의 파리로도 불린다.

원래 이름은 '삼위일체의 도시와 순풍이 부는 성모 마리아 항(Ciudad de la Santísima Trinidad y Puerto de Santa María del Buen Aire)'이었으나, 하도 길어서 '부에노스아이레스'라 줄여서 부른다. 순풍이 부는 성모 마리아 항을 향해 부지런히 비행을 하던 《야간 비행》의 파비앵은 역설적이게도 이곳에 끝내 닿지 못하고 하늘로 사라져 버리고 만다.

부에노스아이레스 시내 전경.

부에노스아이레스의 시내 야경.

해한다는 리비에르의 생각을 가장 잘 담아낸 비유이다.

이처럼 우리의 삶은 불빛을 찾아가는 야간 비행이라고. 맑은 날씨를 만날 때면 순조롭게 목적지까지 운행하지만, 때로는 폭풍과 천둥, 번개를 만나 목적지에 도달하지 못할 때도 있다. 그럼에도 끝까지 자기가 쥔 핸들을 놓지 않고 최후까지 가야 하는 것이 삶인지도 모른다. 맑음과 빛만이 아니라 폭풍우와 어둠조차도 우리의 삶이기에.

리비에르는 하나의 성공과 하나의 실패 사이에서도 야간 비행을 계속하게 한다. 앞으로 계속 나아가는 것이 중요하다고 생각하면서.

생텍쥐페리가 사랑한 하늘, 그리고 사랑한 여자

《야간 비행》의 파비앵처럼 하늘에서 스러져 간 생텍쥐페리는 《어린 왕자》로 우리에게 잘 알려져 있다. '정말로 소중한 것은 눈에 보이지 않는 법'이라는 주옥같은 대사를 남긴 그의 삶은 어린 왕자 같기도 하고 파비앵 같기도 하다.

앙투안 드 생텍쥐페리는 1900년 6월 29일에 프랑스 리옹에서 태어났다. 오 남매 중 셋째였으며, 아들 중에서는 맏이였다. 아버지는 명문가 출신의 보험 감독관이었는데, 1904년에 젊은 나이로 세상을 떠났다. 그 후 생텍쥐페리는 르망으로 이주하여 예수회에서 운영하는 학교에 입학해 교육을 받았다.

그가 처음으로 비행 경험을 한 것은 1912년에 조종사 베드린과 함께 앙베리외 공항에서였다. 해군사관학교에 입학하고 싶어

생텍쥐페리가 태어난 프랑스 리옹의 구시가지. 유네스코에서 세계 문화유산으로 지정하였다.

서 응시를 했다가 면접 시험에서 그만 탈락했다. 그 뒤 파리 미술
학교에 들어가 공부하다가 1921년에 공군에 입대했다. 공군에서
특별 훈련을 받은 후 꿈에서도 그리던 조종사가 되었다. 가족들
은 그의 비행을 극구 말렸으나, 1923년에 제대할 때까지 비행기
조종사로 지냈다. 약혼녀였던 루이즈 드 빌모랭도 조종사가 되
는 것에 반대했는데, 1923년 초에 생텍쥐페리가 부상을 입자 두
사람은 결국 파혼을 하였다.

1926년에 단편 〈조종사〉를 발표하면서 라테코에르 항공사에
취직을 했다. 이후 1931년까지 오 년 동안 생텍쥐페리는 자기 생
애에서 가장 행복한 시기를 보내는데, 리비에르의 모델이 되는
디디에 도라를 만난 것도 바로 이 시기였다. 《남방 우편기》(1929)
와 《야간 비행》(1931)에 담긴 경험 역시 이 시기에 얻었다. 그는
두 작품에서처럼 아프리카와 남아메리카의 우편 항공로를 개척
하는 일을 담당하며 열정을 불태웠다.

항공사의 사정으로 동료들과 함께 회사를 그만두고 나서, 만

생텍쥐페리는 어디로 사라졌을까?

《어린 왕자》의 마지막 부분에서 어디론가 사라진 어린 왕자처럼, 생텍쥐페리는 제2차 세계 대전 당시 정찰 임무를 수행하던 중에 실종되었다. 1944년 7월 31일, 정찰 비행에 나선 것이 그의 마지막 자취였다. 이후 그의 죽음은 전설처럼 아련한 추측만을 남긴 채 사람들 마음속에 남게 되었다.

실종된 지 오십여 년이 흐르고 나서야 기체의 잔해가 발견되었는데, 그것을 근거로 독일군의 전투기에 격추당했다는 증언이 나오기도 했다. 독일군 조종사였던 리페르트는 자신이 쓴 책에서 바로 그날 프랑스의 정찰기 P38을 직접 격추시켰다는 고백을 했다. 그 당시에는 그 비행기에 생텍쥐페리가 타고 있다는 사실을 전혀 몰랐으며, 며칠 후에야 사람들에게 전해 들었다는 것이다. 역설적이게도 리페르트는 생텍쥐페리가 쓴 《전시 조종사》를 읽고 조종사의 꿈을 품게 되었다고……. 그는 평생 마음의 죄책감을 안고 살아가지 않았을까?

어쨌든 생텍쥐페리의 죽음은 지금까지도 여전히 물음표로 남아 있다. 기체의 잔해는 발견되었지만 그의 주검은 아직도 찾지 못했기 때문이다.

지중해의 아름다운 섬, 코르시카. 생텍쥐페리가 《야간 비행》의 파비앵처럼 비행을 하다 사라진 곳으로 추정되고 있다.

난 지 칠 개월 된 콘수엘로 순신과 결혼했다. 그 후 항공사의 프랑스-남아에리카 노선에 취업을 하였다.

이후에도 생텍쥐페리의 모험은 그치지 않았다. 파리와 사이공을 운행하기도 하고, 리비아 사막에 불시착했다가 유목민을 만나 구조되기도 했다. 이때의 경험은 《어린 왕자》에 고스란히 담

리옹에 있는 생텍쥐페리 생가.

겨 있다.

1939년, 오랫동안 축적한 경험을 바탕으로 《인간의 대지》를 펴냈다. 이후 《전시 조종사》(1942), 《어느 인질에게 보내는 편지》(1943), 《어린 왕자》(1943) 등의 작품을 연달아 발표했다.

그의 삶에서 마지막 모험은 1944년 7월 31일 오전이었다. 예정된 고도보다 낮게 정찰 비행을 하던 중 독일군에게 공격을 받고, 니스와 모나코 사이에 있는 해안가에 추락하였다. 어디론가 날아가 지상과의 연락이 끊어진 《야간 비행》의 줄거리 그대로였다.

하늘을 나는 것이 일생의 꿈이었고, 하늘을 날며 살았던 삶의 경험을 자기 작품 속에 녹여냈던 사람…….《어린 왕자》를 통해 소중한 것은 눈에 보이지 않음을, 사막이 아름다운 것은 오아시스가 있기 때문임을 시처럼 이야기해 준 작가 생텍쥐페리는 어린 왕자처럼 그렇게 이 지상을 떠났고, 파비앵처럼 아스라이 먼 곳으로 사라졌다.

푸 른 숲
징 검 다 리
클 래 식
0 3 8

야간 비행

첫판 1쇄 펴낸날 2014년 6월 17일
8쇄 펴낸날 2023년 7월 31일

지은이 앙투안 드 생텍쥐페리　**옮긴이** 박상은
발행인 김혜경　**편집인** 김수진
주니어 본부장 박창희
편집 강정윤 조승현
디자인 전윤정 김혜은
마케팅 최창호 임선주
경영지원국 안정숙
회계 임옥희 양여진 김주연

펴낸곳 (주)도서출판 푸른숲
출판등록 2003년 12월 17일 제2003-000032호
주소 경기도 파주시 심학산로 10, 우편번호 10881
전화 031) 955-9010　**팩스** 031) 955-9009
홈페이지 www.prunsoop.co.kr　**인스타그램** @psoopjr
이메일 psoopjr@prunsoop.co.kr

ⓒ 푸른숲주니어, 2014
ISBN 979-11-5675-023-9　44840
　　　978-89-7184-464-9　(세트)